alteridade, memória e narrativa

COLEÇÃO PARALELOS
dirigida por J. Guinsburg

Edição de texto: Luiz Henrique Soares
Revisão especial: Cássia Lopes e Denise Coutinho
Revisão: Daniel Guinsburg Mendes
Projeto gráfico e capa: Sergio Kon
Produção: Ricardo W. Neves, Sergio Kon e Raquel Fernandes Abranches

Antonia Pereira Bezerra

ALTERIDADE, MEMÓRIA E NARRATIVA

CONSTRUÇÕES DRAMÁTICAS

CIP-Brasil. Catalogação-na-Fonte
Sindicato Nacional dos Editores de Livros, RJ

B469a

Bezerra, Antonia Pereira, 1968-
Alteridade, memória e narrativa : construções dramáticas / Antonia Pereira Bezerra. – São Paulo: Perspectiva: CNPq, 2010. – (Paralelos ; v.27)

Inclui bibliografia
ISBN 978-85-273-0890-8

1. Teatro brasileiro (Literatura). I. CNPq. II. Título. III. Série.

10-1921. CDD: 869.92
CDU: 821.134.3(81)-2

30.04.10 11.05.10 018921

Av. Brigadeiro Luís Antônio, 3025
01401-000 São Paulo SP Brasil
Telefax: (011) 3885-8388
www.editoraperspectiva.com.br

2010

Sumário

Agradecimentos

Sem o apoio inicial e providencial da Fundação Capes, que em 2006 me contemplou com uma bolsa de pós-doutorado na Université du Quebec à Montreal, durante doze meses, esse projeto jamais teria vindo à luz;

sem o auxílio efetivo e definitivo do CNPQ, na forma de bolsa de produtividade em pesquisa – para o triênio 2007-2009, e do prêmio concedido em resposta à chamada ao Edital Universal MCT/CNPQ 14/2008 – Universal, tal empreitada jamais teria chegado a termo;

sou ainda infinitamente grata:

a Josette Féral por sua competência e profissionalismo ímpares; sua generosidade e sua amizade;

a Larry Tremblay pelas preciosas contribuições dramatúrgicas e pela escuta sensível;

a Denise Coutinho, pelo apoio e incentivo fraternais e, sobretudo, pela revisão sensível e pontual, acompanhadas de sugestões criativas;

a Cássia Lopes, também, por sua preciosa revisão do texto de *A Memória Ferida* e – o mais importante – por, no decorrer desse processo eminentemente profissional, ter-se revelado essa pessoa maravilhosa: de qualidades humanas e éticas sem iguais;

aos meus bolsistas de iniciação científica, Ana Paula Brasil, Danilo Cairo, Fernanda Júlia, Susan Kalik, Juliane Mello, Luis Renato, Nando Zambia, Moara Rocha e Vanessa Saney que, com sua vivacidade e habilidades intelectuais e artísticas, muito contribuíram para o bom andamento deste projeto;

à minha aluna guerreira, melhor amiga e encenadora dos textos desta trilogia, a diretora teatral Carol Vieira, por conhecer o projeto desde os primórdios e jamais tê-lo abandonado; e por ter esperado com sabedoria que um ponto final viesse se posicionar do lado esquerdo da última réplica ou da última didascália;

aos atores Karina de Faria, Ana Paula Brasil, Danilo Cairo, Hebe Alves, Marta Saback, Sibele Lellis, Cibele Marina, Gil Teixeira, Iara Villaça, Manhã Chagas, Bernardo Del Rey, Gordo Neto e Áurea Montebello pelo impacto de suas performances cênicas, determinantes para a revisão final dos textos desta trilogia.
Sem as contribuições literárias e poéticas de Marta Isaacson, Maria Lúcia Pupo e sem a "expertise" de Sílvia Fernandes este projeto não teria alcançado a forma que ora apresenta. Sou-lhes infinitamente grata!

Prefácio

JOSETTE FÉRAL*

O que resta do ser humano se lhe retiram a memória do passado? Por outro lado, o que resta do ser humano quando ele é apenas memória e um acontecimento do passado o persegue a tal ponto que ele não pode mais viver no presente? Entre essas duas formas extremas da impossibilidade de viver – presente sem passado, passado sem presente – evolui esta trilogia de Antonia Pereira, que traz em seu âmago *A Memória Ferida*. O título da segunda peça da trilogia em si mesmo já evoca as duas fontes do drama que se desenrola diante do público, e que se desenvolve sem indulgência no espírito da personagem principal, Ana Kharima: uma ferida abissal que nada nem ninguém poderá jamais preencher e um esforço desesperado para reconstituir uma memória, um passado em frangalhos que a personagem tenta reconstruir para conseguir simplesmente viver.

Estamos muito perto da tragédia, a de um ser vítima do destino, um destino que vai além da sua compreensão e que nada parece poder explicar, um destino que leva irremediavelmente à destruição de si e à morte, se nada vier a lhe atribuir um sentido. Ora, é precisamente à procura de um sentido que assiste o espectador.

---

* Crítica e teórica de Teatro; diretora da École Supérieure de Théâtre da Université du Québec à Montreal – UQÀM, fundadora do grupo de pesquisa Performativité et Effet de Présence, tendo publicado vários livros sobre o tema e sobre o jogo do ator.

No coração do drama, um abandono, o de uma criança fruto do amor entre um pai membro de uma organização clandestina que milita contra a ditadura no Brasil, desaparecido muito cedo, e uma mãe colombiana, também militante, que deixa o país para escapar à morte e abandona sua filha atrás de si, uma filha que ela nunca virá buscar, mesmo quando as leis de anistia o permitiriam, uma vez que, livre e levando uma vida confortável, nada a impediria de fazê-lo. Como explicar o abandono de uma criança? Como justificar o inexplicável? No centro das peças está essa questão infinita que Antonia Pereira não cessa de colocar e de se colocar e à qual ela tenta responder através da ficção.

Essas três peças contam e recontam, inventam e imaginam, entremeando os fatos e as ações, declinando a narrativa a partir de diferentes pontos de vista, valendo-se de diferentes personagens presas sem que o quisessem nesta tragédia. Eles pedem socorro aos mitos, às personagens da mitologia (Cérbero, Príamo, as górgonas…) em um esforço sempre recomeçado, como na tragédia, para compreender o incompreensível, para atribuir-lhe sentido.

Sem dúvida Ana Kharima, figura principal da trilogia que reaparece nas três peças em diferentes momentos da vida, é o centro nevrálgico da narrativa e é em torno dela que tudo evolui, mas as outras personagens, rapidamente esboçadas, são também marcadas pelo destino: o pai, a mãe, Maria, José, Stéphane, figuras emblemáticas que o espectador acompanha furtivamente e que têm uma parcela de responsabilidade nessa aventura. O percurso de vida deles teceu sua própria desgraça e a das pessoas que os cercam. Saberemos pouco ou nada sobre suas vidas futuras. Eles não existem, só aparecem a partir dos vínculos com Ana Kharima, mas adivinhamos que no plano de fundo apenas a paixão, sincera, ainda que desajeitada, explica esses percursos.

Um fio liga, portanto, essas três narrativas que são tão somente as três vertentes de uma mesma história cujas ramificações o leitor compreende pouco a pouco. As palavras contadas (por Ana Kharima a Stéphane), ou escritas (pela jovem à Maria) têm um efeito redentor, como se sua simples proferição tentasse incansavelmente reconstituir o fio de acontecimentos dos quais não resta nenhum traço, o que explica o recurso aos mitos antigos para lançar uma ponte entre o vazio no âmago de uma vida, a de Ana Kharima, e seus vínculos com dramas imemoriais que a tragédia retoma indefinidamente, sem nunca esgotar.

Porque essas peças são apenas narrativas, caixas de joias para acolher e dizer de novo o inconcebível, sob ângulos diferentes. Elas efetuam um longo percurso para melhor nomear o inominável. Oscilando entre ficção e realidade (*A Morte nos Olhos*), memória e realidade (*A Memória Ferida*), realidade e loucura (*Na Outra Margem*), essas narrativas múltiplas costuram o vazio da memória, interpretam de novo fragmentos de cena, concluindo percursos inacabados, preenchendo lacunas, fazendo ligações, completando o que não aconteceu. É assim que *Na Outra Margem* inventa uma ficção que permite encontros imaginários redentores. Esses encontros poderiam ter acontecido na realidade se as coisas tivessem sido diferentes, se não se tratasse de um destino cego e desprovido de sentido. Mas eles continuam sendo sombras. Entretanto, sua simples presença permite confissões, arrependimentos também, mas permite, sobretudo, obter a segurança de ter sido amado, único caminho de salvação que possibilita consentir a continuar a viver.

Sente-se assim, pouco a pouco ao longo dos textos, se instalar uma espécie de calma nessa fulguração de dor, da luz nesse *quarto de memória*, como teria podido dizer Kantor.

O leitor fará necessariamente a ligação entre os momentos mais sombrios da ditadura no Brasil e seu impacto devastador na vida de toda uma cidadezinha e, mais precisamente, na vida de duas mulheres, mãe e filha, que laços de vida deveriam unir, mas que o destino separa. Recobrindo tudo isso, a força da narrativa, a fluidez das palavras, sua relação com as coisas, com a matéria. A potência da música. O homem tem necessidade desses momentos nos quais a força da narrativa tenta dar conta do irracional, explicar o inexplicável, um inexplicável que impede a vida de ser um longo rio tranquilo. Mas a ferida está lá, aberta, e o leitor assiste impotente a essa batalha desigual diante do destino. A tragédia está presente com força.

Essa anamnese passa, portanto, pelas palavras. Contar ainda e sempre a mesma narrativa, repeti-la, dizê-la novamente a ouvidos incrédulos (mas dizê-la de outro modo, sob outras formas). Dizer de novo, encontrar as palavras. Contá-la a si mesmo até à loucura, contando-a a outros, seduzidos pelo romanesco da história evocada. Recompor, pedaço por pedaço, uma identidade fragmentada. Frangalhos de memória reconstituída, inventada mesmo, para melhor se reencontrar consigo mesmo, se reencontrar enfim, compreendendo seu lugar no seio dessa vasta estrutura. Recusar ir à deriva sem parar e sempre na ausência de lembranças, criar um passado para si, retomar seu lugar e reencontrar a luz do presente.

Tudo isso testemunha uma certa arte da escritura em Antonia Pereira, tanto assim que o leitor percebe, para além das peças, que as raízes dessa ficção são profundas e se ancoram na realidade de uma vida, a da autora. A escritura é aqui meio de ir para além da ferida, operando néla uma mutação de natureza metafórica, instalando portanto uma distância crítica que permite melhor domá-la. A narrativa desvela paralelos evidentes com os mitos gregos, repentinamente atualizados.

A memória é construção do passado, naturalmente, mas ela é, mais ainda, construção do presente, dizia Paul Ricoeur. Ela é o que permite melhor habitar o presente, estar no presente do passado. O presente do passado! A expressão se aplica com força às três peças aqui apresentadas. A sedução da narrativa de Antonia está bem nessa superposição do tempo, sensível no drama recontado, mas também na estrutura polifocal da peça (prevista na encenação e inscrita na narração, cenas interpretadas simultaneamente, instituindo um diálogo entre passado e presente). É o testemunho de uma consciência que chegou ao final de um longo trabalho de interiorização.

A salvação repousa na conquista da distância certa em relação ao passado, diz ainda Ricoeur cujo livro *Mémoire, passé, douleur* deveria ser lido paralelamente a esta história inteira. Percebe-se que Antonia tenta encontrar as palavras para explicar o inexplicável, compreender, desculpar, esquecer, talvez perdoar.

Todo o interesse da escritura de Antonia, sua força e o prazer que dela emana para o leitor estão vinculados exatamente a essa arte de reafirmar o desejo e a força da palavra no teatro de hoje e provêm do fato de ela ter sabido reencontrar a vida das palavras como meio de curar as almas.

Montréal, setembro de 2009[*]

[*] Tradução de Maria Lúcia de Souza Barros Pupo.

Introdução

Os três textos dramáticos que figuram nesta obra resultam de uma pesquisa de criação dramatúrgica ancorada nas diversas possibilidades e utilidades da narrativa como instrumento e meio privilegiado de encontrar e compreender o outro, de atribuir sentido à experiência vivida. A exploração desse tema numa perspectiva de construções dramáticas pede uma interface entre as abordagens, estética e teórica, acerca do drama e da especificidade da narrativa. Nesse sentido, acolhemos saberes diversos sobre a narrativa, contemplando, num primeiro momento, as teorias de Paul Ricoeur – os quatro tomos do *Temps et récit* e *La Métaphore vive* – e de Jean-Pierre Vernant, num segundo momento – *La Mort dans les yeux* e *La Grèce ancienne*. A opção por esses autores justifica-se na medida em que suas teorias favorecem duas formas privilegiadas de adentrar o coração das problemáticas aqui esboçadas, quais sejam: a questão dos paradoxos do tempo e da memória; e a questão da organização mitológica e inteligível da narrativa (as lógicas históricas da narração).

A primeira dimensão prática da pesquisa foi realizada de janeiro a dezembro de 2006 na École Supérieure de Théâtre da Université du Québec à Montreal – UQÀM, onde, sob as orientações criteriosas e argutas de Josette Féral e Larry Tremblay*, debrucei-me sobre a escrita

* Autor dramático, premiado na França e no Quebec, ator e professor da École Supérieure de Théâtre da Université du Québec à Montreal – UQÀM.

dos textos dramáticos intitulados *A Morte nos Olhos*, *A Memória Ferida* e *Na Outra Margem*. Nesta trilogia, a eficácia simbólica da narrativa é explorada em suas dimensões psíquica, sociológica e filosófica. Sabe-se hoje, graças às contribuições da fenomenologia, que toda consciência é consciência de algo, que o ser humano não é ilha, prisão, essência. Ele se define por seus contatos, pela maneira de compreender o mundo e de se compreender. Define-se, ainda, pelo estilo de relação que o une aos objetos, aos outros seres humanos e a si mesmo. E a criação dramatúrgica é mais um desses lugares privilegiados onde se tenta com simplicidade, e até mesmo muita ingenuidade, compreender o outro.

Delimitação do Objeto: A Problemática

Os textos que compõem esta trilogia dramática abordam os temas da "suspensão da consciência" (integração psicológica); de "memória e identidade" (integração sociológica) e de "historia e identidade" (integração antropológica). Em cada uma dessas tramas, a compreensão como teoria do conhecimento, tanto comum quanto acadêmico ou artístico, constitui o "fio de Ariadne". E, na fronteira entre a teoria e a prática, suscito questões de interesse de várias áreas do conhecimento, seja no campo das ciências humanas ou das artes. A ênfase é colocada na composição de intrigas, no agenciamento de ações em sistemas (*mise-en-intrigue*) que alimentam e motivam o debate em torno do que significa compreender o outro, seja esse um ator social comum ou um poeta.

É no âmbito destas interrogações que discuto as diversas contribuições da narrativa e sua eficácia simbólica, porque se trata, com efeito, do meio mais frequente e funcional de encontrar, de compreender o outro e de se aproximar de sua experiência, na vida cotidiana, numa pesquisa acadêmica ou de criação dramatúrgica. Tal problemática pode parecer, *a priori*, por demais evidente. Ora, o mito, a narrativa, não têm sido desde os tempos ancestrais, e em todas as civilizações, o principal objeto da literatura e da arte? Nas *Mil e Uma Noites*, não é de fato a narrativa que literalmente salva Xerazade e tantas outras mulheres da morte, colocando um termo a uma matança injusta e arbitrária? Não é a narrativa com todo o seu ritmo, toda sua eficácia simbólica, que dá a Dom Quixote, o mítico herói de Cervantes, as ferramentas necessárias para impor e assimilar seus sonhos à realidade? E o que dizer de *Hamlet*, em cuja intriga a verdade vem à tona desalienando e clamando por justiça, não mais pela voz, talvez enganosa, de um fantasma, mas por meio dos potentes e desmascaradores recursos (*mise-en-abîme*) da narrativa dramática?

Diante desses e de tantos outros exemplos, onde então residiria a singularidade e o aporte específico da problemática aqui erigida? Decerto, não pretendo reinventar o fogo, afinal desde Aristóteles a narrativa, a fábula é a alma do drama. Entretanto, é partindo do princípio, conhecido por diversas teorias, de que a finalidade de uma narrativa é sempre a de unir, de integrar, em todos os sentidos da palavra, que proponho a exploração dramatúrgica da sua eficácia simbólica. Assim, perseguindo as pistas teóricas e metodológicas lançadas por Pierre Lê-Quéau*,esta trilogia contempla a investigação das contribuições da narrativa em três sentidos, a saber:

- Num sentido psicológico, em primeiro lugar (integração psicológica): quando a narrativa tem como objetivo produzir uma continuidade no curso de uma vida, reduzindo as fraturas e os traumatismos.
- Num sentido sociológico, em segundo lugar (integração sociológica): quando a narrativa consiste num rito de passagem para introduzir-se numa comunidade. De fato, integrar-se numa coletividade começa muitas vezes por uma autobio-

* Foi no ano de 2000, com a chegada ao Programa de Pós-Graduação em Artes Cênicas (PPGAC/UFBA) deste professor e pesquisador visitante, oriundo da Universidade de Grenoble II, que novos horizontes se abriram com relação a tais pistas de pesquisa. Pierre Le-Quéau e eu dividimos a disciplina Tópicos Especiais em Artes Cênicas, na qual me responsabilizava pelo Módulo I – Métodos em Literatura Comparada e Le-Quéau pelo Módulo II – Métodos em Sociologia Compreensiva. Todas as nossas discussões e cursos eram permeados por questões acerca do conhecimento, da compreensão do outro, sua linguagem, sua narrativa. Não somente traduzi como produzi com Pierre Le-Quéau artigos e materiais didáticos acerca desses temas.

grafia, mais ou menos formal, na qual se manifesta um tipo de dom que vai de si ao outro, do individual ao coletivo.

- Num sentido filosófico, finalmente (integração filosófica): quando a narrativa consiste em reconhecer, no curso de uma vida, a presença de um Princípio ou do Ser.

Todas estas dimensões, efeitos e contribuições da narrativa também já foram divisados e explorados pela fenomenologia, a psicanálise, a filosofia e até pela sociologia compreensiva. Discutí-los dramaturgicamente, investigar tais dimensões pelo viés da *mise-en-intrigue*, tal é a especificidade, o aporte desta investigação.

Horizonte Teórico-metodológico

De maneira geral, a questão da narrativa é estratégica para a nossa compreensão do mundo: com ela se colocam questões práticas, metodológicas e teóricas importantes, muito embora não exista uma teoria global acerca da narrativa. Na teoria sociológica ou antropológica, por exemplo, trata-se muitas vezes da assim chamada "entrevista não diretiva de pesquisa" ou "história de vida", em que um pesquisador convida um ator social comum a produzir uma narrativa.

Na fenomenologia contemporânea com Paul Ricoeur, mas também com outros hermeneutas a exemplo de Hans-Georg Gadamer, a narrativa se torna um objeto de pesquisa em si, inteiro e completo, instaurando a possibilidade de uma poética geral· Neste contexto, a narrativa aparece como o paradigma do ato da criação, incluindo o drama e a epopeia. Entretanto, torna-se, às vezes, muito difícil, quando não impossível, extrair dessas teorias contribuições práticas e concretas para uma pesquisa acerca do teatro como um todo ou da escritura dramática, em particular.

Os três textos dramáticos que figuram nesta obra resultam das relações estabelecidas entre estas teorias fenomenológicas da narrativa e a prática da pesquisa em criação dramatúrgica.

Tal orientação é motivada pelo fato de que a narrativa, longe de ser um reflexo mais ou menos fiel da realidade, é uma construção. Há, aqui, a mesma distância (ou a mesma proximidade) entre a narrativa e a vida, que há, na pintura, entre uma tela e a natureza; ou no teatro, entre uma peça e a realidade. Se *mímesis* é imitação das ações humanas, essa imitação não pressupõe uma obediência estrita e formal aos critérios de verossimilhança. A exemplo de Paul Ricoeur, não será possível falar de como a narrativa se relaciona com o tempo, sem antes expor, em sua amplitude, a questão da referência entrecruzada – com a experiência temporal viva – da narrativa de ficção e da narrativa histórica*.

Portanto, seja na vida cotidiana ou no domínio da ficção, na narrativa se manifesta a primeira capacidade criativa do ser humano, a qual consiste em introduzir um tipo de ruptura no fluxo da vida e um tipo de descontinuidade na continuidade do real.

A narrativa tem uma relação não com a realidade em si, mas com uma consciência que compreende esta realidade, isto é, ela amplia ou inventa realidades ao produzir significações. Além disso, essa dinâmica própria da narrativa produz alguns efeitos de ordem simbólica. Contar uma história, na prática comum e cotidiana de cada um, é sempre integrar, estabelecer conexões, estabelecer elos no curso de uma vida entre o presente e o passado; nas relações sociais ou religiosas, entre si e os outros, humanos ou divinos. Contar uma história é ressignificar um estrato da existência.

Nesse sentido comum da narrativa, também se legitima a prática científica da entrevista diretiva e não diretiva de pesquisa, da história de vida, dentre outras técnicas sociológicas e antropológicas mais conhecidas. Isso porque a narrativa é uma prática social comum, com uma dinâmica interna e eficácia própria, que se justifica também como prática científica. O aspecto instigante da narrativa reside em seu poder de ligação. Importa mais saber como se estabelecem as relações significativas entre os fatos do que próprios fatos. O ato de narrar revela a construção de uma subjetividade, no duplo sentido dessa expressão:

* Cf. P. Ricoeur, *La Metaphore vive*, p. 68.

a construção da realidade por um sujeito e, ao mesmo tempo, a construção desse sujeito através da sua narrativa.

Mas o trabalho da narrativa não é somente subjetivo: ele contém também uma parte objetiva. O emprego de uma linguagem comum constitui por si só uma fuga da subjetividade. Ademais, contar uma história pressupõe também mobilizar um amplo conjunto de saberes coletivos para dar uma forma compreensível e comunitária à narrativa.

Uma narrativa é sempre uma experiência subjetiva, mas condicionada, todavia, em seu conteúdo e forma, às interações anteriores do sujeito com a sua coletividade e o senso comum. Neste ponto preciso da discussão, é importante frisar que nas civilizações tradicionais, as quais, ainda nos dias de hoje, preservam a oralidade, os etnólogos empreendem pesquisas de campo, onde a escuta e a exploração de diversas narrativas, retomadas de geração em geração, constroem a intriga, a trama dos saberes comuns aos membros de um grupo. Embora eu não ignore toda uma tradição de pesquisa com métodos específicos nesse domínio, não é esse o caminho que seguirei e nem é nesse sentido que trabalho com a narrativa em minha prática.

Para esta pesquisa, não busco mitos que vivem e renascem de palavras incessantemente repetidas e modificadas pelas subjetividades dos narradores, atores sociais do cotidiano. Os mitos explorados no âmbito deste estudo são definitivamente fixados em três textos dramáticos. Trata-se, por conseguinte, de histórias de vida *re*ssignificadas em uma narrativa de ficção. Tal trajeto é efetuado em função das minhas exigências estéticas e do meu objetivo primordial: conferir a esta pesquisa uma dimensão eminentemente dramatúrgica e cênica.

A dimensão dramatúrgica encontra-se aqui cristalizada. A dimensão cênica, por sua vez, coube a Carolina Vieira*, que no seio da nossa Companhia Estupor de Teatro assinou as montagens baianas de *A Morte nos Olhos* e *A Memória Ferida***. A primeira peça estreou

* Diretora Teatral e mestre pelo Programa de Pós-Graduação em Artes Cênicas da UFBA.

** Foi com este fim que a pesquisa concorreu a diferentes editais regionais e nacionais, tendo sido contemplada: Iniciação Científica, Edital Universal NCT/CNPQ 14/2008 – Centro Nacional de Desenvolvimento Científico e Tecnológico (CNPq); Apoio em Salvador em novembro de 2007 e esteve em cartaz nos teatros do Sesc/Senac Pelourinho e Xisto Bahia até dezembro do mesmo ano. Já *A Memória Ferida*, estreou em Salvador, no Cabaré dos Novos – Teatro Vila Velha, permanecendo em cartaz por todo o mês de novembro de 2009. O último texto da trilogia, *Na Outra Margem*, também dirigido por Carolina Vieira, ficou em cartaz no Hospital Universitário Professor Edgard Santos – complexo Hupes/UFBA – nos meses de novembro e dezembro de 2009. Para esta montagem uma enfermaria, numa ala desativada do hospital foi transformada em cenário e o público era recebido como se estivesse visitando uma paciente, a protagonista da peça.

Sem dúvida, o caráter prático desta pesquisa atenua as falsas fronteiras e as pseudodiferenças que alguns teóricos insistem em apontar, entre um "texto-acontecimento" (*texte-événement*), fruto das condições materiais da sua locução e um "texto-monumento", edificado pelas condições da sua difusão escrita (manuscrita ou impressa) e de sua preservação. Neste ponto preciso da discussão, abro um parêntese para, a exemplo de Roger Chartier, brincar com o sentido do termo inglês *performance**, o qual remete geralmente à ideia de produção ou mesmo de ação, antes de designar uma representação teatral específica; ou se refere ainda à noção de "performatividade" tal qual Austin a definiu na sua obra, *Quand dire, c'est faire*.

Esta perspectiva me coloca no coração dos impasses aqui em jogo: como falar de texto dramático sem evocar a sua dimensão performativa? Como evocar a "teatralidade" de um texto sem convocar os elementos tradicionais que caracterizam o quadro pragmático da sua reprodução cênica (didascálias, personagens, diálogos etc.)? Obviamente, as respostas a estas questões ultrapassam em muito o alcance da presente pesquisa. Não obstante, tal constatação não me isenta de mencionar o problema, uma vez que os dois primeiros textos desta trilogia, *A Morte Nos Olhos* e *A Memória Ferida* sofreram modificações

---

Técnico, Fundação de Amparo à Pesquisa do Estado da Bahia(Fapesb); Bolsa de Produtividade Pesquisa, PQ/CNPq; Ocupação de Espaços, Temporada e Material de Divulgação de Espetáculos, Fundação Cultural do Estado da Bahia (Funceb).

* Cf. R. Chartier, Preface, em D. Mckenzie, *La Bibliographie et la sociologie des textes*.

em suas escritas originais, graças à in(ter)venção sensível da diretora Carolina Vieira e ao jogo potente dos atores baianos.

O leitor compreenderá que esse pequeno desvio de percurso é somente para ressaltar o peso da representação teatral sobre a escrita de textos dramáticos. Anne Ubersfeld afirma que "o texto teatral é, por natureza, salvo notável exceção, feito para ser representado"*. Se é verdade que o maior prazer do dramaturgo reside na encenação de seus textos, não posso deixar de reavivar a recorrência de um lugar comum entre os discursos acerca da impressão dos textos de teatro, nos quais a impossibilidade de transcrever os prazeres da cena é incessantemente ressaltada. Não obstante, para além do caráter de difusão, é necessário também defender, nesta travessia, a leitura de textos teatrais como um (grande) prazer... Um prazer de outra ordem! Essa realidade alimentaria dois desejos no dramaturgo contemporâneo, o dever seus textos encenados e publicados?

Sistema Conceitual: *Mûthos*, *Lógos* e Compreensão

Retornando ao nosso problema central, é na verdade a noção de atividade mimética (a *mímesis* aristotélica), contemporaneamente lida como produção das ações humanas, que me coloca na via da problemática da experiência temporal pelo viés da intriga. O desenvolvimento dessa problemática conclama conceitos que lhe estão atrelados, como por exemplo, o conceito de *mûthos*: agenciamento sistemático das ações.

Para Vernant, a dupla investigação empreendida pelos helenistas, de um lado, sobre a história da palavra *mûthos* na cultura antiga e de outro, pelos antropólogos sobre a dificuldade de aplicação desta noção, herdada dos gregos, às sociedades de tradição oral, nos levaria a alguns equívocos. O mais importante deles consistiria em descrever o mito como uma espécie de realidade mental inscrita na natureza, presente

* *Lire le théâtre II: L'école du spectateur*, p. 11. Tradução nossa.

em toda parte e sempre à disposição, seja no plano das operações propriamente racionais, seja ao lado destas ou como plano de fundo.

Vernant adverte: "quero lembrar que a palavra mito vem do grego, ela não tinha, para os que a empregavam nos tempos arcaicos, o sentido que lhe atribuímos hoje. [...] *Mûthos* quer dizer palavra, propósito, narrativa. E, para começar, não se opõe a logos, cujo sentido primeiro é igualmente 'palavra, discurso', antes de significar explicação e razão"*. No quadro de uma discussão semelhante, Ricoeur nos lembra: "desde as primeiras linhas da *Poética, mûthos* é definido como complemento de um verbo que significa compor. A poética é assim identificada, sem outras possibilidades de interpretação, à arte de compor intrigas, de contar estórias"**.

O conceito de logos, por outro lado, também é intrínseco ao ato de narrar. Ora, na narrativa, com a voz do sujeito, se faz ouvir também a voz do senso comum, do logos que funda a possibilidade de compreensão recíproca entre os membros de uma comunidade. Pierre Le-Quéau traça um paralelo a respeito do sentido profundo da invocação das musas por Homero, no início da Odisseia: nesta invocação é como se algo maior que Homero, tal qual o espírito do tempo, falasse através de sua boca. Da mesma maneira, através da voz individual, fala o logos, o senso comum, que torna possível e inteligível a expressão da subjetividade***.

Na via da criação dramatúrgica, da atividade mimética, outro conceito conclamado e aplicado à prática desta pesquisa é o de compreensão. Na concepção de Paul Ricoeur, tanto no domínio da metáfora quanto no da intriga (narrativa de ficção), explicar mais é compreender melhor: compreender, no primeiro caso – no da linguagem metafórica –, significa acompanhar o dinamismo em virtude do qual num enunciado metafórico, uma nova pertinência semântica, emerge das ruínas. No segundo caso – no universo da ficção –, significa reconstituir

* J.-P. Vernant, P. Vidal-Naquet, *La Grèce Ancienne: Du mythe à la raison*, p. 10.

** P. Ricoeur, *Temps e Récit*, t. I, p. 69.

*** Conferência proferida no XVII Encontro do Grupo Interdisciplinar de Pesquisa e Extensão em Contemporaneidade, Imaginário e Teatralidade (Gipe-CIT), Escola de Teatro da Universidadede Federal da Bahia, Salvador 03 de maio de 2000.

a operação que unifica, numa ação completa, os acontecimentos diversos constituídos pelas circunstâncias, os fins e os meios, as iniciativas e as interações, as reviravoltas de fortuna e todas as consequências (desejadas ou não) das ações humanas*.

Nos dois casos, da metáfora ou da intriga, tratar-se-á, ao mesmo tempo, de prestar conta da autonomia das disciplinas racionais que se ocupam do tema e de reconhecer o ato da compreensão como filiado, de forma direta ou indireta, próxima ou distante, à inteligência poética.

A Petrificação: O Estupor

Antes de expor como pretendo explorar as possibilidades da narrativa numa prática dramatúrgica concreta, me parece importante também discutir o que acontece quando uma narrativa não é possível. Na via da criação dramatúrgica, o patológico sempre foi e será uma via privilegiada para a compreensão do normal. De fato, há situações pessoais, sociais ou históricas nas quais não se pode produzir uma narrativa. Há situações onde a compreensão da realidade pela consciência se interrompe, se suspende. Já na Antiguidade, os gregos tinham consciência de tal possibilidade que era representada pelas górgonas: três mulheres monstruosas que podiam petrificar (converter em pedra) quem lhes mirasse os olhos.

Se na verdade as górgonas nunca existiram, pelo menos fisicamente, seus poderes, entretanto, são bem reais e o estupor – que consiste em permanecer petrificado – é uma situação com a qual, analogicamente, podemos nos confrontar na contemporaneidade. É seguindo este raciocino que Pierre Le-Quéau afirma que, nesse mito, não se trata exatamente do horror em si, mas da primeira aparição dele: o evento único, sem precedente; a novidade absoluta que causa uma ruptura no senso comum e uma aceleração do tempo imposto,

* Cf. *Temps et Récit*, p. 11.

impedindo o trabalho da consciência de estabelecer uma ligação entre o passado e o presente.

É o passado, acumulado na experiência coletiva o senso comum, que pode dar uma forma inteligível ao presente. E, finalmente, o limite do inteligível é o memorável. Jean-Pierre Vernant defende o princípio de que os mitos são vias através das quais a consciência toma conhecimento de uma parte de si, mas a petrificação (o estado do estupor) significa seu próprio fim ou, ao menos, a sua suspensão*. Foi nessa perspectiva que explorei, em *A Morte nos Olhos*, as possíveis causas ou origens dos fatores que engendram essa imagem da petrificação, do estupor, para chegar a uma experiência-limite: aquela em que o trabalho da consciência se suspende e interrompe, por conseguinte, a possibilidade da narrativa. Se como já foi dito, uma das chaves de entrada para essa investigação é o patológico, não poderia me furtar de sobrevoar o estado oposto ao estupor: a aceleração do fluxo narrativo; a infinitude da narrativa, quando a narrativa não tem fim, nem autor específico. A exploração desses fluxos narrativos acelerados é o que motiva a intriga das duas últimas peças da trilogia, em que acentuei sua eficácia e poder de integração num sentido psicológico, sociológico e filosófico: *A Memória Ferida* e *Na Outra Margem*, chegando, então, aos argumentos destes três textos dramáticos.

O Itinerário da Pesquisa, Primeiro Desenho

A Morte nos Olhos é a fábula de uma moça desmemoriada que acorda num quarto de uma casa no sertão do Nordeste sob os cuidados de uma senhora muito generosa que lhe revela as verdadeiras circunstâncias de sua amnésia: a moça foi encontrada desmaiada, à beira de uma estrada deserta e levada à casa dessa senhora, Dona Maria, portando consigo apenas uma bolsa com um livro de mitologia e as páginas manuscritas de um conto fantástico inacabado.

* Cf. *La Mort dans les yeux*, p. 80-81.

Por influência e estímulos intensos de Dona Maria, a moça decide continuar essa história, invocando seres mitológicos e imaginários, mergulhando num universo, onde ficção e realidade, pesadelo e memória se fundem. Não obstante, é nesta aventura que ambas, Dona Maria e a Moça, encontram formas de atenuar a angústia da identidade perdida.

A *Memória Ferida* reconstitui o trajeto de dois jovens de culturas diferentes que se reencontram em Montreal, Canadá. Ana Kharima é brasileira e Stéphane é francês. O encontro casual dos dois num bistrô de Montreal desencadeará todo um passado doloroso vivido em Paris. Mas esse retorno ao passado esconde um outro passado ainda mais longínquo e agudo: os pais de Ana Kharima eram militantes que, tentando fugir dos militares no auge da ditadura, conhecem um destino trágico no sertão nordestino. Em plena preparação de sua fuga, o Pai, acuado pelos militares, prefere o suicídio, estratégia comum entre os "subversivos" da época. A mãe, após alguns meses de esconderijo no sertão parte em exílio para Paris, mas sem a filha que é deixada sob os cuidados de uma senhora num lugarejo árido e desértico.

O primeiro retorno ao passado nos leva a Paris, precisamente ao apartamento de Stéphane. É neste espaço que Ana Kharima iniciará a narrativa de uma "história", que mais tarde, numa atmosfera de tensão, de crise e de angustia profunda, Stéphane descobrirá que se trata, em verdade, da própria história de Ana Kharima e não de uma ficção como ela própria pretende e como Stéphane acreditava. No desenrolar da intriga, ambiguidade, tensão e angústia atingem o paroxismo e o medo diante da extrema alteridade instaura um espaço de incompreensão absoluta, de rupturas e fugas definitivas.

Seguindo o fio da narração destas histórias dentro da história é, finalmente, num terreno neutro, numa terceira zona, o Quebéc, que as personagens abrem a caixa de pandora, talvez numa última tentativa de purificação, de exorcismo dos males fatais ou voluntários que se lhes acometeram. É a narrativa, a reconstituição da história que atenua o terror da memória ferida.

O terceiro texto intitulado *Na Outra Margem* ocorre num cenário hospitalar, num quarto com apenas um leito e conta a fábula de uma jovem vítima de um acidente automobilístico grave. Com vários traumatismos físicos e psíquicos, sob efeito intenso de grandes doses de morfina e outros tranquilizantes, a jovem vê desfilar diante de si as personagens da mãe, da enfermeira, dos médicos e de seus amantes, os quais lhe reconstituem, cada um a seu modo, sua história de vida. Os eventos são narrados não tal qual eles ocorreram, mas como poderiam ter acontecido. De fato é a (re)invenção da história atravessando dimensões psicológicas e estados de consciência alterados e intensificados, que vem instaurar um possível equilíbrio. Por suas eficácias simbólicas, são as imagens e as fantasias que reestruturam o psiquismo como se se quisesse dizer: a porta de entrada para a compreensão do real é a ficção.

De posse destes argumentos e profundamente influenciada pelas teorias acerca dos usos e abusos da memória, teci a trama das três intrigas. Nelas, a memória do passado é reconstituída sob a forma de narrativa e de testemunhos, através dos quais me esforço para evidenciar que a memória e a imaginação têm em comum o vetor da ausência: a ausência no presente*. Uma outra problemática debatida nesses textos é a daquele que foi e não o é mais, ou não consegue mais sê-lo. A noção de *uso e abuso da memória*, retirada das teorias de Paul Ricoeur, é ressaltada no universo destas tramas, na medida em que a prática da memória é exercida não na categoria da memorização, nem da rememoração diretamente, mas no sentido de invenção. De fato é a rememoração fantasiosa que coloca um termo ao estado de suspensão da consciência, restaurando e trazendo ao plano do consciente um saber-fazer e um saber-ser recalcados pelos traumatismos.

Essa pesquisa situa-se justamente no terreno onde a dramaturgia abraça a história, a fenomenologia e os mitos. Aqui a tríade dramaturgia/história/mitologia é acessada para abrir as portas do drama aos eventos relacionados ou ocasionados pela memória e pela alteridade. Eventos estes reconstituídos e fixados sob a forma de narrativa dramática. É neste contexto, pois, que emerge um contundente e acirrado debate em torno do confronto com o outro e do problema da identi-

* Asserção de Paul Ricoeur em sua conferência "Us et Abus de la Mémoire", proferida no Institut d'Études Doctorales, de l'Université de Toulouse II, Le Mirail, em 30 de abril de 1998.

dade e de algumas causas da sua fragilidade: quem sou eu? As questões acerca de memória *versus* História, a História e seus critérios de transversalidade, e da incapacidade de definir uma memória individual face aos significativos movimentos históricos, inscritos nas memórias coletivas do presente e do passado, também são consideradas nesta abordagem.

A Morte nos Olhos

Personagens
(por ordem de entrada)

DONA MARIA
CORO DE SETE MULHERES
A MOÇA, futura autora da história.
SEU CHICO, Marido de Dona Maria
KHARIMA, a Princesa.
PERIAM, o Príncipe.
O CÃO CÉRBERO, guardião do Hades.
ESTENO E EURÍALE, DUAS GÓRGONAS
A GÓRGONA MEDUSA (a mesma atriz que interpretar D. Maria deve representar o papel da Medusa).
A SENHORA DE BRANCO, Elisa Martinez

Cenário

Dois Planos, o plano da realidade e o plano da ficção. O plano da realidade é um quarto modesto no *sertão do Nordeste*. Ao fundo e em diagonal, uma cama de solteiro simples. Ao lado esquerdo da cama uma moringa de barro para água. À direita da cama, sobre a mesinha, uma bacia, uma chaleira e uma toalha para compressas. Acima e de qualquer um dos lados da cama, um cabide de madeiras para pendurar roupas. Do lado oposto da cama, uma janela. O plano da ficção deve vir prescrito no cenário, confeccionado com materiais semitransparentes, que sugiram paredes de taipe e, ao mesmo tempo, permitam vazar a luz. Assim teremos da parede de taipa vazada até a ribalta, o quarto-casa de Dona Maria e, atrás das paredes, todo um ambiente para teatro de sombras e outras projeções.

FIGURA 1 Atores: Danilo Cairo e Iara Villaça.
Foto: Alessandra Nohvais.

▷▷

Ato I:
A Realidade e a Memória

Cena 1

(É aurora, quase 5 horas da manhã. Um grupo de sete mulheres rodeia a cama, onde uma moça se encontra deitada, como se estivesse em coma, canta em coro um Pai Nosso e uma Ave Maria.)

CORO DE MULHERES

Pai Nosso que estais no céu
Santificado seja o vosso nome
Venha a nós o Vosso Reino
Seja feita a vossa vontade
Assim na terra como no céu
O pão nosso de cada dia nos dai hoje
Perdoai as nossas ofensas
Assim como nós perdoamos
A quem nos tem ofendido
Não nos deixeis cair em tentação
Mas livrai-nos do mal, amém...

Ave Maria cheia de Graça
O Senhor é convosco
Bendita sois entre as mulheres
Bendito é o fruto do vosso Ventre
Jesus, Jesus, Jesus.

Santa Maria Mãe de Deus
Rogai por nós pecadores
Agora e na hora de nossa morte, amém...

PRIMEIRA MULHER (*passando a mão na fronte da moça*)
Ah, meu Deus, a febre parece estar baixando.

DONA MARIA
Pobre menina, essa noite ela quase bate as botas. Mas Deus é grande!

SEGUNDA MULHER
Dona Maria, a senhora é uma mulher muito corajosa. Eu teria muito medo de fazer o que a senhora está fazendo!

DONA MARIA
Minha filha, qualquer um deve fazer o que eu estou fazendo, não importa a quem, nem pra quê. Agora vocês já podem ir! Obrigado pela oração, mas o dia já está amanhecendo e daqui a pouco ela vai acordar. Sabem, não me levem a mal, é que ela fica muito agoniada com gente diferente no quarto. É melhor ela acordar em paz. (*Passando a mão na fronte da moça*) Olha, a febre baixou completamente. Vamos, vou levar vocês até lá fora e vou preparar o chá de folhas e a compressa pra cabeça dela (*Dona Maria pega o material e todas saem do quarto*).

Cena 2

(*É manhã, luz do amanhecer. Um galo canta duas vezes ao som de um* adagio, *composto especialmente para a Moça, protagonista da história. A Moça se remexe lentamente na cama, sugerindo um despertar. Dona Maria entra com o chá, uma bacia e uma toalha. Põe na mesinha.*

Acorda a Moça com movimentos leves sobre a fronte. Ajuda-a a se sentar. Ela está vestida em camisola. Dona Maria retira lentamente a atadura que envolve sua cabeça. Espreme a toalha e passa a compressa sobre todo o roxo avermelhado de sua fronte e ao redor de uma grande cicatriz. Oferece-lhe uma caneca de chá com broa de milho. Abre a janela.)

DONA MARIA

Você está melhor, minha filha?

A MOÇA (*faz um gesto indeciso com os ombros e a cabeça, como se não soubesse como está se sentindo*)

DONA MARIA

Depois que tomar esse chá, você vai ficar melhor.

A MOÇA (*toma o chá, sem nada perguntar, enquanto Dona Maria começa a arrumar o quarto*)

DONA MARIA

Joana, a vizinha, disse que um médico vai passar na cidade, semana que vem.
Ela vai tentar trazer ele aqui pra lhe ver. (*Num ímpeto.*)
Sabe, estou tão feliz
por que você estar melhorando. Muito feliz.

A MOÇA (*com voz terna e triste*)

Você me conta de novo como foi que me encontrou?

DONA MARIA (*agoniada*)

Ah, meu Deus do céu, eu já contei essa história mil vezes!

A MOÇA (*em tom de súplica*)

Conte de novo, por favor! Eu não consigo compreender. Talvez se a senhora ficar me contando, repetindo essa história, eu possa ligar alguma coisa, me lembrar...

DONA MARIA (*cortante*)

Não é o momento.

A MOÇA

Como?

DONA MARIA

A hora de lembrar ainda não chegou. Você precisa é de descansar.

A MOÇA

Por favor, conte! Quem sabe dessa vez eu aprenda coisas novas, detalhes...

DONA MARIA

Não, não e não. Você fica triste cada vez que eu conto e eu não gosto de te ver desesperada.

A MOÇA

Por favor, eu quero... Conte.

DONA MARIA (*impaciente, como quem diz sim a contra gosto, faz um gesto com a cabeça e começa a falar desenfreadamente enquanto arruma o quarto*)

Tá bom. Ah, meu Deus... O dia tava nascendo. Eu ia pra roça quando atravessei a pista, já ia descendo do outro lado pra tomar o caminho que beira o açude. Aí eu vi uma pessoa deitada no chão, toda de branco. Me benzi, pensei que era uma assombração. Cheguei bem perto e toquei, você estava emborcada, de bruços e não respondeu. Bati mais forte e nada! Virei você de frente e vi aquele mundo de sangue. A parte da frente do seu vestido estava toda ensopada. Peguei sua cabeça e vi que tava lascada. Jesus Cristo, uma chaga aberta, um rombo! Fiquei desesperada! Ia correr e largar você... Misericórdia, que coisa feia! Eu nunca tinha visto aquilo na minha vida. E logo de manhã bem cedo! Eu já tava era de pé, pronta pra correr e lagar você ali mesmo! Mas você gemeu, se mexeu e abriu os olhos. Esses olhos negros e fundos! Aí me deu dó, foi como se eu te conhecesse. Eu disse Santo Deus, a bichinha precisa de ajuda! Não posso deixar ela aqui sozinha... Então eu te acalmei e saí correndo pela pista gritando pelo meu marido. Coitado do Chico! Quando me viu assim estabanada, pensou que era alguma desgraça. E era, das grandes! Mas não comigo, não com a nossa família. O Chico veio correndo e quando te viu quis correr de volta. Eu segurei ele pelo braço e perguntei se ele não era homem. (*Silêncio. Recomeça a contar a história, dessa vez, menos excitada.*) Ele disse que era melhor a gente não se meter, que aquilo tinha sido crime... E crime dos encomendados, crime de gente fina. (*Outro silêncio.*) Ele me mostrou sua bolsa que tava do lado, suas roupas e seus sapatos chiques. Foi aí que eu reparei como você era bonita. Vixe, Maria, mesmo com aquele mundo de sangue e com a cabeça lascada, você parecia uma princesa! Me abaixei, tomei sua cabeça e segurei nos meus braços e você falou assim: por favor, não deixem... E desmaiou. Não sei por que, mas tenho a impressão de que você ia falar umas palavras bonitas. (*Silêncio*). Obriguei Chico a te pegar e te trazer nos braços. Ele veio brigando de lá até aqui. Veio dizendo que eu só podia ter chupado manga com febre pra fazer uma coisa dessas! Ele tava com tanta raiva que parecia um leão. Mas trouxe. E você tá aqui.

A MOÇA (*que durante todo esse tempo a tudo ouviu com olhar triste e atormentado, agora pergunta impaciente*)

Não havia ninguém por perto?

DONA MARIA

Não.

A MOÇA

E, nos dias que se seguiram, ninguém procurou por mim?

DONA MARIA (*irritada*)

Já disse que não!

A MOÇA

E na noite anterior ninguém passou pela cidade?

DONA MARIA (*depois de um breve silêncio*)

Só ontem é que a Joana me disse que os filhos dela – eles trabalham no posto de gasolina – pois bem, os filhos da Joana disseram que, na noite antes de eu encontrar você, viram um homem muito branco, parecia um doido de camisa branca e calça US TOP, cheia de poeira. Ele parou no posto pra botar gasolina. Tinha cara de gringo e nem sabia falar direito! Encheu o tanque, pagou e arrancou o carro como se tivesse fugindo do Capiroto.

A MOÇA

Alguém pegou a placa do carro?

DONA MARIA

Pra quê?

A MOÇA

Nem perguntaram o nome dele?

DONA MARIA

Não. Aqui a gente não pergunta nada pra estranhos.

A MOÇA

Eu também sou uma estranha.

DONA MARIA

Eu não perguntei seu nome. Aqui, minha filha, interessa é o que as pessoas têm dentro delas. A gente não liga pra nome, não!

A MOÇA

E nem eu sei qual é meu nome... Quer dizer, eu não consigo me lembrar.

DONA MARIA

Mas vai se lembrar um dia, minha filha, vai se lembrar. Joana disse que você ta com uma doença aí... Uma... Uma tal de "minésias".

A MOÇA

Amnésia.

DONA MARIA

É isso. É esse o nome!

A MOÇA

Que dia é hoje?

DONA MARIA

Sexta-feira.

A MOÇA

Por que a senhora está vestida de branco?

DONA MARIA

Porque é preciso. Tem que ser assim toda sexta-feira.

A MOÇA

Há quanto tempo eu estou aqui?

DONA MARIA

Por que você quer saber do tempo? O tempo não importa. O que importa é que você tem que melhorar.

A MOÇA

Mas a senhora me trouxe pra sua casa, eu não sei quando foi, há um mês, dois meses? Um dia desses, a senhora vai se cansar de mim e vai se arrepender de ter me socorrido. Eu não me lembro de nada e posso levar ainda muito tempo para me lembrar. Posso levar toda uma vida... Não tem medo?

DONA MARIA

Não, eu não tenho medo e você vai ficar aqui uma vida, duas vidas, o tempo que for preciso. Todo mundo na cidade acha que eu estou doida, mas eu não tenho um pingo de medo. Estou fazendo o que tem que ser feito. E digo mais, se foi crime, se a mando de alguém tentaram lhe matar, abaixo de Deus, aqui nessa casa, ninguém vai entrar, não pra lhe fazer mal.

A MOÇA

Como é que a Senhora pode ter tanta certeza?

DONA MARIA

Eu não tenho certeza de nada, nunca tive. Eu tenho fé.

A MOÇA

E eu tenho medo, muito medo. Eu queria lembrar nem que fosse uma coisinha, um pouquinho só... Eu queria saber o que aconteceu.

DONA MARIA

Quando chegar a hora você vai lembrar. Você sabe rezar?

A MOÇA

Não, não me lembro.

DONA MARIA

Não faz mal. Eu vou no centro fazer uma feirinha e vou comprar um terço pra você. Ah, por falar em compras, olhe que eu achei pra você na sexta-feira passada. (*Abaixa-se e arrasta uma mala pequena que estava debaixo da cama. Abre e tira uma calça jeans e uma blusa branca. Caminha até o cabide e a pendura.*)

A MOÇA (*absorta, como se não tivesse prestado atenção nas palavras e atos de D. Maria*)

A senhora disse sexta-feira passada?

DONA MARIA

Disse.

A MOÇA (*pensativa*)

Vejamos, depois que estou aqui, já a vi três vezes vestida de branco... Quanto tempo eu fiquei inconsciente?

DONA MARIA

Bom, começou de novo... (*Impaciente.*) Vamos esquecer isso, tá?! (*Mudando de assunto.*) Se você quiser tirar esse pijama e dar uma voltinha no terreiro, ver a luz do dia, tomar um solzinho, tá tudo aqui. Agora eu tenho que ir. Enquanto isso você vai descansar.

(*Dona Maria, pega a chaleira com a taça de chá, a bacia e a toalha e sai do quarto. Após um instante a moça senta na cama e permanece um bom tempo de cabeça baixa. Depois se levanta e caminha com muita dificuldade até o cabide. Tenta pegar a calça e a blusa, porém, num acesso de choro, desiste. Retorna à cama. Senta-se, baixa a cabeça triste e pensativa. O* adagio *volta a tocar. O quarto vai escurecendo aos poucos.*)

Cena 3

(*Dona Maria irrompe no quarto, feliz, com o almoço, a bolsa da Moça e alguns pacotes. Enquanto pousa o almoço da Moça na mesinha, arruma os pacotes no quarto.*)

DONA MARIA

A feirinha quase não tinha ninguém, mas todo mundo que eu via, perguntava pela Moça, se a Moça tava melhor, se a Moça já lembrou de alguma coisa. Acho que eles gostam de você. Querem que você fique boa. (*Põe o prato de comida no colo da Moça que começa a comer.*)

A MOÇA (*hesitante, como se quisesse dizer algo, mas não consegue*)

DONA MARIA

Comprei mais isso pra você. (*Mostra-lhe o terço e livrinho de orações e coloca-os sobre a mesinha.*) De agora em diante nós vamos rezar juntas.

A MOÇA

Obrigada, a senhora é tão generosa e tão paciente!

DONA MARIA

Olha, no caminho de volta eu passei na casa da Joana. A filha dela é muito inteligente. Lê que é uma beleza! Já está na sexta série. (*Embromando.*) Sabe, eu peguei a sua bolsa... só pra ver uma última vez se tinha algum documento seu, alguma coisa pra eu saber quem é você... Mas nada! O miserento que fez isso com você, pegou seus documentos todos pra não deixar pista. Cão dos infernos, batizado na igreja!

A MOÇA

Seu Chico tem razão, se não deixaram pistas, é porque tentaram me matar. Mas quem iria querer me matar? (*Silêncio.*) Por quê?

DONA MARIA (*cortante*)

Ah, mas tinha uns papéis escritos e tinha até um livro. A filha da Joana leu pra mim e disse pra eu rasgar e queimar tudo, que isso era coisa do diabo. Foi o pastor da igreja dela quem disse isso. Eu acho tudo uma besteira. Eles não sabem é de nada! (*Dona Maria continua, com uma expressão cada vez mais alegre e entusiasmada.*) Aqui pra nós, eu gostei do que a filha da Joana leu. Gostei de tudo, do livro e da história dos papéis. A História do livro tem uma tal de Medusa...

A MOÇA

Medusa?

DONA MARIA

É. Uma mulher que transforma gente em pedra.

A MOÇA

Medusa da Mitologia Grega? Mas isso é um mito.

DONA MARIA

Mito? Eu não sei não, tava no livro. Ela até me disse o nome, mas eu já esqueci. (*Dá o livro à Moça, mostrando a capa.*)

A MOÇA

É, Medusa! Só há uma, a do mito.

DONA MARIA

Pois então, nesse negócio aí tem essa Medusa, mulher bonita, que foi querer ser mais bonita ainda do que uma Deusa lá... (*Procurando as palavras, mas não encontra*).

A MOÇA

A deusa Atena, Minerva.

DONA MARIA

É isso. É esse o nome. Como é que você sabe? Cê tá se lembrando...?

A MOÇA

Não, não estou me lembrando. Eu devo conhecer essa história, quem sabe, eu até já tenha lido esse mito?

DONA MARIA

Mito ou o nome que tiver, menino, oi, eu sei é que a Deusa deformou os olhos e os dentes dessa tal de Medusa. Pegou os lindos cabelos e transformou em cobra. Pronto! (*Silêncio.*) Também, quem manda querer ser mais que uma Deusa? Eu achei foi bom! Mas o problema é que, depois disso, ninguém mais podia olhar na cara dessa coisa medonha. Dizem que ela transformava todo mundo em pedra. Vixe, Nossa Senhora, eu pensei foi na Velha da Trouxa!

A MOÇA

Quem?

DONA MARIA

V-e-l-h-a-d-a-T-r-o-u-x-a.

A MOÇA

Ah, Velha da Trouxa. Quem é?

DONA MARIA

É... Uma história que meu avô me contava. Era uma moça muito bonita que tinha sido excomungada porque era muito invejosa e queria tomar o lugar da mãe. Queria ser igual à mãe, uma criatura santa. Um dia essa moça se emperiquitou toda e se achando a mais bonita da Terra, seduziu o marido da mãe. Fez o que já vinha planejando há muito tempo: casou com o próprio padrasto. Só podia era estar com a febre do rato pra fazer uma coisa dessas! O padrasto era um homem muito rico e também estava apaixonado por ela. Depois que se casaram, ele fazia todas as vontades dela. Até que numa noite, eles estavam dançando e bebendo muito, a moça pediu que ele mandasse matar sua própria mãe. O depravado não contou dois tempos e fez do jeito que a endemoniada queria. Mas quando chegou a Sexta-Feira Santa, ela virou um bicho e foi escorraçada da cidade pelos bons espíritos, os protetores da mãe. Antes de ir embora ela virou pra trás e olhou com os olhos de fogo para o padrasto. O infeliz estatelou! Nunca mais conseguiu dizer uma palavra, parecia o estupor! Dizem que ela num morre nunca e mora numa caverna amaldiçoada lá pelas bandas de Serra Grande. De vez em quando ela se transforma numa Senhora bem aparentada e sai da caverna pra pedir esmola. O homem que encontrar com ela tem que dar a esmola sem falar nada. E não pode nem olhar pra ela, nem xingar, nem perguntar o que ela carrega na troxa. Porque se ela abrir a troxa, ai daquele que ver o que tem dentro... O sujeito estatela, estupora!

A MOÇA

A senhora acredita nisso?

DONA MARIA

O quê?! Eu até já disse a Chico pra não andar praquelas bandas. Ele não é maluco de me desobedecer. (*Pausa. Agora menos assustada e mais calma, porém entusiasmada.*) Já a outra história, eu gostei mais. É triste, muito triste, mas é mais bonita! Quando a filha da Joana leu, vixe Maria, eu não consegui me controlar. Chorei! Você num quer ler de novo pra mim? (*Tira os papéis, um manuscrito, da bolsa e dá à Moça.*)

A MOÇA (*que acabou de comer, pousa o prato sobre a mesinha. Ajeita-se ao lado de Dona Maria e começa a ler o manuscrito, em tom recitativo*)

Há muitos e muitos séculos, na legendária Atlândida, dois jovens de beleza e pureza extraordinárias, se amavam perdidamente. Esse amor assombroso e profundo ultrapassava as noções de tempo, de identidade e memória, projetando-se para além das eras, dos continentes, oceanos e civilizações.

DONA MARIA

É lindo demais!

A MOÇA

A senhora gosta mesmo?

DONA MARIA

Muito, de verdade. Você não gosta?

A MOÇA

Não sei. Mais ou menos.

DONA MARIA

Continue, minha filha!

A MOÇA

O encontro de seus corpos igualava-se à união inexorável do fogo e da água, da terra e do ar. Nada se prometiam, nada se diziam, já que não havia necessidade de palavras. Não constituíam dois, mas um só corpo, cuja substância era inefável. Eram tudo o que um mortal não podia ser. Viveram tudo o que jamais fora permitido aos simples mortais de viverem.

DONA MARIA

Esse amor aí era de verdade mesmo!

A MOÇA

O tempo passava e esse amor crescia em substância e profundidade. Os jovens já se comportavam quase como semideuses. Porém, quando duas almas gêmeas se encontram, até os anjos têm ciúmes, até os deuses se enfurecem. E assim sucedeu-se: os deuses de todas as eras e de todas as civilizações, num acesso de fúria e de preocupação, em legião convocaram uma grande e imemorial assembleia...

DONA MARIA

Eita, agora é que o negócio vai complicar!

A MOÇA

Essa história é mesmo muito estranha!

DONA MARIA

Por quê?

A MOÇA

Fala de tudo, mas não diz nada.

DONA MARIA

Você é que pensa. Vai, minha filha, lê!

A MOÇA

Então, a legião dos deuses de todas as eras e de todas as civilizações, reuniu-se para debater o destino desses inocentes subversivos, transgressores involuntários das leis universais. Ao termo de longas discussões e jogos de interesse, tiveram que sucumbir, admitir as evidências: os jovens não mereciam castigo.

DONA MARIA

Ainda bem. Graças a Deus. Já pensou que injustiça, castigar dois inocentes!

A MOÇA (*cortando a empolgação de Dona Maria*)

De maneira arbitrária deliberou-se então que eles não seriam punidos. Decretou-se, todavia que jamais procriariam. Seres dessa natureza colocavam em cheque a necessidade dos deuses para a humanidade.

DONA MARIA

Isso não está certo, não. E não vai poder ficar assim, não. Mas não vai mesmo!

A MOÇA

Ao entardecer, a assembleia que durara 24 horas ininterruptas, chegara ao fim. A sorte estava decidida. A maldição fora lançada: se a procriação ocorresse, o castigo maior seria para a bela jovem.

DONA MARIA

Ah, essa não. Não é justo. Isso vai ter que mudar.

A MOÇA (*fixando Dona Maria nos olhos*)

Os deuses eram, em sua maioria, homens! Enquanto isso, do outro lado, na legendária Atlântida, contemplando o pôr do sol, a beira mar, os dois jovens, embriagados de desejo e volúpia, entregam-se um ao outro, sem pudor nem reservas. No dia seguinte, a Atlântida foi devorada pelo mar. Desaparecera do mapa. (*Longo silêncio.*) Ufff, que história esquisita…

DONA MARIA (*frustrada*)

Não tem fim. Ô, meu Deus!

A MOÇA

É, tem e não tem.

DONA MARIA (*olhando a Moça intrigada*)

Pra mim não tem fim. Um amor tão bonito não pode acabar assim. Sinceramente, eu não acho que os deuses façam isso, assim, sem que nem pra quê! Deve de ter um outro motivo pra se destruir uma cidade inteira. Fazer um estrago desses!!! Num pode nunca ter sido por causa de um amor. Isso é um absurdo!

A MOÇA (*interrompendo*)

Bem, o que quer que seja, é apenas uma história sem fim, como a senhora mesma disse.

DONA MARIA

Não, minha filha, não pode terminar aí não. (*Entusiasmada.*) Tem de botar um fim nisso. Tem de ter um outro jeito.

A MOÇA (*desconfiada*)

O que é que a senhora quer que eu faça?

DONA MARIA (*olhando fixamente a Moça*)

A MOÇA

E... E porque está me olhando desse jeito?

DONA MARIA (*continua a fixar a Moça com olhar cada vez mais intrigante*)

A MOÇA

Espera um pouco, a senhora não está pensando que foi eu quem escreveu essa história?

DONA MARIA

Tava na sua bolsa, junto com o livro.

A MOÇA

Não, nem pensar! Eu nem sei se sei escrever e se soubesse, eu jamais escreveria uma história tão rocambolesca!

DONA MARIA

Uma história o quê?

A MOÇA

Fantasiosa... Que não tem pé nem cabeça.

DONA MARIA

Eu não acho não. Você deveria...

A MOÇA

Não... Isso não existe!

DONA MARIA

Você é que pensa. Minha filha você sabe ler, tem um palavreado bonito. Tá sem fazer nada...

A MOÇA

Não, eu não sei escrever histórias. Eu... Não escrevi essa história.

DONA MARIA

Como é que você pode saber? ...Tava na sua bolsa.

A MOÇA (*apavorada, levanta-se*)

A senhora tem papel e caneta?

DONA MARIA

Tenho sim, comprei na feirinha. (*Tira uma folha de papel e uma caneta de um saco e oferece à Moça.*)

A MOÇA (*escreve compulsivamente e, após alguns instantes, mostra a Dona Maria*)

Tá vendo? Não fui eu quem escreveu essa história. Não é a minha letra!

DONA MARIA (*após examinar a letra da Moça, como se soubesse ler*)

Mas a Joana disse que quem tem essa doença sua... Quem toma pancada na cabeça, muda até a voz, quanto mais a letra!

A MOÇA (*desesperada*)

Não, não é minha essa história!

DONA MARIA

Tá bom, tá bom! Não é sua, mas você bem que podia fazer um esforço e dar um final bonito pra esses dois inocentes. Eu não sei não, mas eu tenho a impressão que isso pode te ajudar. (*Aproveitando o desnorteamento e o silêncio da Moça.*) Olha, eu até aproveitei a feirinha e comprei um monte de caneta e papel. (*Abre o pacote e mostra um maço de papel ofício. A Moça olha atarantada.*) E também já pedi ao Chico e ele fez uma mesinha e uma cadeira pra você. Chico, ô Chico. Pode vir!

(*Seu Chico entra resmungando, carregando uma mesa, estilo escrivaninha. Dona Maria sai apressada*).

SEU CHICO

Essa mulher tem cada uma!!! (*Se dirigindo à Moça.*) Não é culpa minha não. Eu disse pra ela que você não sabe seu nome, não sabe sua história, como é que vai dar nome aos outros e criar histórias, ahn? Mas quando Maria bota uma coisa na cabeça, não tem quem tire. É, eu falo assim, mas eu não consigo me zangar com ela. Pra dizer a verdade eu até tô achando bom. Depois que você chegou aqui em casa, a cabeça de Maria revirou. Ela não para. É um tal de andar pra cima e pra baixo, com uns livros debaixo do braço. E vai fazer pergunta à filha da Joana e volta pra tirar a prova com você. Agora mesmo, você tá vendo?

(*Entra Dona Maria com uma cadeira na mão, Seu Chico interrompe a frase... Dona Maria põe a cadeira diante da escrivaninha onde pousam o maço de papel e as canetas*)

DONA MARIA

Minha filha faça como quiser. Não se sinta na obrigação. Se der vontade deu, se não der não tem problema. (*Faz um gesto com o olhar para seu Chico, indicando a saída. Os dois saem do quarto deixando a Moça sozinha.* O adagio *volta a tocar. A luz vai caindo aos poucos.*)

Ato II:
A Ficção e a Realidade

(Todo este ato deve realizar-se numa atmosfera de sonho e pesadelo, os quais podem ser sugeridos pela iluminação e uma espécie de tom febril na interpretação dos atores.)

Cena 1

(É dia, a moça, vestida em jeans e camiseta branca, caminha impaciente e ofegante pelo quarto. Senta na mesinha que Chico fez para ela, folheia o manuscrito, lê relê, suspira angustiada, levanta e num crescendo começa a sussurrar um nome.)

A MOÇA

Kharima... Kharima... É um nome bonito para uma princesa, Kharima! (*A luz do quarto vai baixando suavemente, enquanto, ao fundo, o plano da ficção se ilumina. Surge a silhueta de uma personagem que aos poucos, com a luz se tornando mais forte, vai tomando forma e rosto. A pele da personagem se apresenta muito mais branca que a da Moça.*)

A PERSONAGEM

Você me chamou? Eu vim. Eu aceito o papel!

A MOÇA (*que estava de costa, vira-se apavorada*)

–Ah!! Você gosta desse nome, Kharima?

A PERSONAGEM

Pouco importa o nome. O que é um nome? Da última vez que nós nos encontramos você me deu o mais belo dos nomes e o mais trágico dos destinos.

A MOÇA

Você me conhece? ... Nós já nos encontramos antes?

A PERSONAGEM

Não tenho muita certeza, mas acho que sim. Seu rosto e sua maneira de falar não me são estranhos... Acho que foi você que me fez perambular por aí, sem nome, sem endereço, sem passado, sem presente....

A MOÇA

Ah, meu Deus, me perdoe! Quando foi isso?

A PERSONAGEM

Não me lembro. Mas isso não tem importância agora. Antes de qualquer coisa eu só queria te pedir, que se você começar, por favor, termine. Não me deixe em suspensão. Você não imagina o quanto dói querer ter uma história, querer contar algo, ser alguém e não poder.

A MOÇA

Não me lembro de tê-la visto antes. Não me lembro da sua história, quer dizer da minha história... Da história que inventei pra você... Só te prometo que dessa vez eu não vou te abandonar. Vou te dar um final, nem que seja o pior final possível, mas eu vou te dar um...

A PERSONAGEM

Não, por favor! Meu coração tem andado fraco. Minha memória necessita ser alimentada de boas lembranças. Eu não suportaria o pior dos finais. E se você insistir nisso, quem vai te abandonar, dessa vez, serei eu. Você não imagina o quanto vai doer… Terá uma história pra contar, mas não terá ninguém para vivê-la.

A MOÇA

Isso não existe. Você está me ameaçando?

A PERSONAGEM

Vamos começar!

A MOÇA

Espere só um momento. (*Chamando eufórica.*) Dona Maria. Dona Maria!

DONA MARIA (*entra apressada e toma um susto ao ver a Personagem e o plano da ficção iluminados*)

Vixe, Maria! É a Princesa. Como ela é Linda! (*Impaciente*) Ué, mas não tinha um príncipe?

A PERSONAGEM

Tem. Ele está lá atrás esperando ser chamado.

DONA MARIA

E como é como que ele se chama. (*Hesitante.*) Ele tem nome, não tem? Qual é o nome dele?

O PRÍNCIPE (*numa entrada elegante e triunfal*)

Periam. Meu nome é Periam, o mais belo e o mais triste dos nomes.

DONA MARIA

Belo é mesmo. Mas porque triste?

O PRÍNCIPE

A senhora saberá no decorrer da história.

A PERSONAGEM (*contundente*)

Talvez não haja decorrer da história. Eu já disse que se ela não pegar leve, dessa vez eu...

A MOÇA (*irritada e com autoridade*)

Estou cheia das suas ameaças. Olha mocinha, essa história é minha, tá ouvindo. E eu vou conduzi-la da maneira que eu achar melhor. O problema não é o que se conta, mas como se conta.

DONA MARIA

Pelas cinco chagas de Cristo, a história mal começou e vocês já estão brigando feito cachorro! Minha filha não era pra ser uma história de amor? Nos escritos eles num tinham que estar na praia?

A PERSONAGEM

Ah, não... Não, gente, fale sério! (*Apontando com desdém e raiva para a Moça.*) Você não vai contar essa história? Não, eu não acredito. Uma história de dois jovens, que se amavam loucamente, e por uma maldição dos Deuses foram condenados. Vieram da Atlântida!!! Até a Atlântida eles destruíram. Não é possível ninguém vai acreditar nessa história. Isso não é vida.

PERIAM

Kharima, não tenha medo. Não tenha vergonha da sua história. A gente é aquilo que conta. Não se deve ter vergonha de contar o que se é! E dessa vez...

A MOÇA (*interrompendo o Príncipe*)

Pode não ser possível, pode não ser a vida. Pode ser que ninguém acredite nessa história, mas é minha história... (*Indecisa, titubeante.*) Quer dizer é a História, pode ser a vida de alguém lá fora.

DONA MARIA (*consoladora e firme*)

A vida é muito pior do que isso! (*Olhando nos olhos da personagem.*) Muito pior!

A PERSONAGEM (*descontrolada*)

E quem é a senhora pra ficar se metendo na nossa história? A Senhora por acaso entende de literatura?

DONA MARIA

Minha filha, eu posso não entender de literatura, mas sei que assim como são as pessoas são as criaturas.

PERIAM

Kharima. (*Encantado com a pronúncia.*) Que nome bonito! É assim que eu prefiro te chamar. Kharima, por favor, pare de resistir e vamos começar essa história!

KHARIMA

Não é resistência não, Periam. Eu só quero ser uma pessoa leve. Olhe pra ela: é a tristeza em pessoa! Eu tenho a sensação que ela vai nos escrever uma história tão trágica...

PERIAM

E daí? Que ela escreva!

KHARIMA

Você não tem medo?

PERIAM

Tenho! Mas isso é motivo pra não reviver nossa história? Eu tenho muito medo Kharima. Mais medo que você. (*Em tom recitativo.*) Mil vidas eu tivesse, mil vidas eu representaria esse mesmo papel. Mil vezes eu quereria te encontrar de novo. Pior do que te perder uma vez é ter vivido mil vidas sem nunca ter-te encontrado, sem nunca ter-me perdido e embriagado na tenra escuridão dos teus olhos.

DONA MARIA

Deus do céu como ele é lindo! Uns palavreados bonitos, Jesus!

KHARIMA (*tocada e se esforçando para não chorar*)

– Periam... Então você me amou? (*Quase sussurrando.*) Você me ama.

PERIAM

Muito Kharima. (*Interpelativo.*) Kharima, É assim que você vai se chamar pra sempre. Como eu, você já teve tantos nomes. Mas o olhar é o mesmo e, por esse olhar, eu daria todas as minhas vidas.

A MOÇA (*estática como se reconhecesse as palavras de Periam*)

O que você disse? Você pode repetir essa última frase?

PERIAM

E, por esse olhar, eu daria todas as minhas vidas.

A MOÇA

Eu já ouvi isso!

DONA MARIA

Claro minha filha, você escreveu isso!

A MOÇA

Não, é muito estranho. Antes de escrever, eu já ouvi isso. (*Decisiva.*) Então vocês estão prontos?

(*Periam faz um sinal de afirmação e convence* Kharima *com um sedutor piscar de olhos*).

DONA MARIA (*eufórica*)

Já que está tudo se encaminhando, eu vou fazer um lanchinho. Fique trabalhando com eles minha filha, que eu já volto. (*Sai piscando o olho para o Príncipe em signo de cumplicidade.*)

Cena 2

(*O plano da realidade e o plano da ficção encontram-se agora coadunados. Tudo se passa no pequeno quarto da Casa de Dona Maria. A Autora dá indicações aos personagens de Periam e Kharima.*)

A MOÇA

É o vigésimo encontro de vocês, mas é como se fosse o primeiro. Vocês estão na beira da praia. Onde e quando não interessa. Vocês estão apaixonados. Loucamente apaixonados. E Periam tem uma triste notícia pra lhe dar, Kharima. (*Silêncio constrangedor.*)

PERIAM (*jogando o jogo, repetindo as palavras da autora como um ator memorizando seu texto*)

É estranho e maravilhoso, ao mesmo tempo. Olhando essas ondas eu tenho a impressão de que meu amor por você é assim: turbulento, calmo, misterioso... E como as ondas, a cada instante ele se renova.

KHARIMA (*encantada, vindo sentar-se ao seu lado*)

Você é tão bonito. Porque será que eu te amo tanto?

PERIAM

Às vezes eu me pego pensando em você e... Eu tenho a impressão de que eu te conheço há muito tempo. É como se eu sempre tivesse te conhecido...

KHARIMA

Mas faz apenas um mês que nós estamos juntos.

PERIAM

Eu sei. Mas você não acha estranho que duas pessoas que nunca se viram antes, possam ser tão cúmplices? Tão...? É muito estranho.

KHARIMA

Mas agora que nos encontramos, não vamos mais nos deixar, não é?

PERIAM (*desconcertado*)

É, claro... Quando eu voltar a gente se casa!

KHARIMA (*surpresa*)

Voltar?

PERIAM (*retirando um papel do bolso e estendendo-o a Kharima que o lê*)

É minha convocação. Chegou ontem! Na entrevista que fiz, pensei que eles iriam me dispensar, mas não. Eu não entendo.

KHARIMA

Quando é que você tem se apresentar?

PERIAM

Depois de amanhã!

KHARIMA

Ah meu Deus! É onde?

PERIAM

Argélia!

KHARIMA

Não. É muito longe!

PERIAM

Eu volto assim que a guerra acabar!

KHARIMA

Talvez a guerra não acabe nunca. (*Em prantos.*) Talvez você não volte nunca mais!

PERIAM

Não meu amor, eu prometo. Olhe, por favor, eu não vou bancar o herói, nem me expor aos perigos. Eu vou ficar bem quietinho e discreto, esperando as coisas acabarem. E aí eu volto e a gente se casa.

KHARIMA

Não sei. Tenho um mal pressentimento... (*Como que transtornada.*) Quem Me socorrerá? Quem terá piedade de mim?

PERIAM

Eu vou te escrever todos os dias...

KHARIMA

Não haverá um só dia sem que eu pense em você, sem que eu deseje ler uma carta tua, saber o que fazes dos teus dias, da tua vida sem mim.

PERIAM

Kharima, já está tarde, precisamos ir. Eu tenho que pegar o avião amanhã e ainda nem arrumei minha mala.

KHARIMA

Não. Eu quero ficar mais um pouco.

PERIAM

Eu não posso deixar você aqui sozinha.

KHARIMA (*cortante*)

Pode! É melhor assim... Amanhã, antes de você pegar o avião, eu ligo pra você. Eu preciso ficar aqui mais um pouco.

PERIAM

Tudo bem... (*Abraça-a, beija-lhe os lábios e sai lentamente.*)

Cena 3

(*Quando Periam deixa o quarto, Kharima dirige o olhar para a autora, que se encontra absolutamente debruçada sobre seus manuscritos.*)

KHARIMA (*para a Moça*)

Por favor, não faça isso. Eu te imploro!

(*A Moça continua escrevendo como se não ouvisse os apelos de Kharima.*)

KHARIMA (*suplicante*)

Não o mande pra guerra... Você sabe que se ele partir, eu mergulharei numa tristeza sem fim. Terei as trevas por destino!

A MOÇA (*impiedosa*)

Já está feito. Ele já partiu!

KHARIMA (*levando a mão à boca*)

Aahhhhhhh!?! Não.

(*Kharima desmaia. A Moça abandona seus manuscritos e se aproxima do seu corpo caído ao chão.*)

A MOÇA

Levante! Depois de amanhã, você receberá essa carta. (*Entrega a carta a Kharima.*)

(*Inicia-se uma música instrumental com* vocalises.)

Ioioioio, lalaialalaiala,
Ioioioio, lalaialalaiala...(*bis*)

(*Quando os* vocalises *cessam, ouve-se a voz, em* off, *de Periam.*)

(*Voz em* off)

Pois viemos pra cá por vias diferentes!
Não tenho a impressão de tê-la encontrado antes.
Não houve um "déjà vu".

Não creio que fostes tu à beira mar
Nem nas colinas longínquas
Não eras tu ao meu lado
Nas batalhas que perdi
Nas trevas que atravessei

Não estavas comigo
Deitada na relva verde prata
Admirando do alto alguma aldeia distante.

Não sei quem és.
Sei pelo modo natural
Como te comportas
E com que tua boca se abre
Quando falas das belas coisas da vida

Que viestes de lugares nobres
Onde há aristocracia e beleza

Quando me leres talvez eu já não seja mais.
Não posso ser sem que me olhes

Não chores, Kharima
Minha bem amada...

Saibas que retornarei um dia.
E retornarei para ti.

Bastar-me-á um pouco de repouso ao vento.
Um pouco de silêncio
E uma outra mãe me dará à luz.

MÚSICA

No meu cavalo Aaron
Atravessei o pântano da tristeza.
Fui buscar minha Princesa
E a perdi já nem sei onde.

Ioioioio, lalaialalaiala,
Ioioioio, lalaialalaiala (*bis*)

Já nem sei se mesmo a perdi
Se apenas relembrei.
E se só me esqueci
Quem fui, quem sou.

Ioioioio, lalaialalaiala.
Ioioioio, lalaialalaiala(*bis*)

KHARIMA

Eu não vou ficar aqui pra receber esta carta. Eu te avisei!

A MOÇA

Claro que vai. É seu destino e, por favor, pare com suas ameaças ingênuas. Você vai ficar. Você vai receber esta carta e vai ficar tão triste... Sua dor será tão grande. Tão aterradora, que desesperada você empreenderá uma grande viagem: vai descer até as profundezas do Hades e implorar à Medusa para ser petrificada. Você provocará a górgona desesperadamente até que ela te olhe nos olhos. (*Nesse momento a autora olha para a personagem e fica desconcertada diante de seu olhar desaprovador.*) É melhor ser transformada em pedra do que caminhar sem esse amor!

KHARIMA

Eu acho que você não está só com amnésia, não. Tem alguma região do seu cérebro gravemente atingida. Por quê? Dê-me uma razão, uma só razão que me convença a aceitar um destino desses.

A MOÇA

Porque se fui eu quem começou essa história, haverá algo em seu desfecho que me possa salvar.

KHARIMA

E pra salvar a sua pele você sacrifica a minha?

A MOÇA

Você não existe. Você é apenas uma sombra.

KHARIMA

Eu existo sim. Eu tenho um coração e tenho vontades. E a minha vontade nesse exato momento é ser feliz. Eu queria muito viver com ele pra sempre, mas se não deu, eu quero e posso esquecê-lo com mais tranquilidade. Sem tanto sofrimento, tanta tragédia! Outros iguais ou melhores que ele virão. Eu sei. Eu sinto. Eu não quero morrer por causa desse amor, está me ouvindo. Eu não vou ter com monstro nenhum, nem grego, nem brasileiro, porque eu não sou nenhuma suicida!

A MOÇA

Quem disse que os monstros sempre matam? Às vezes ele fazem concessões, ajudam-nos a renascer, mesmo que para tanto tenhamos que morrer. A mitologia está repleta de exemplos dessa natureza.

KHARIMA

Não, realmente não dá pra conversar. As coisas não avançam. Me diga, se fosse você quem estivesse aqui no meu lugar, você iria ver essa tal Medusa?

A MOÇA

Iria!!

KHARIMA

Iria. Muito bem. Agora me responda uma coisa: como é que eu vou sair daqui – a propósito, onde é mesmo que eu estou??? Então, onde quer que eu esteja, a proposta é que eu saia daqui e vá até o Hades, implorar à Medusa que ME TRANSFORME EM PEDRA, por que eu perdi um GRANDE AMOR e não estou SUPORTANDO A DOR? Pelo amor de Deus, isso é inacreditável! Olha, francamente, eu não vou mais discutir com você, não. Quer saber? Você fique aí com a sua história rocambolesca, por que EU VOU EMBORA!

(Kharima sai pela plateia, no mesmo momento em que Dona Maria, que a tudo ouviu atrás da porta, entra. A Moça vai sentar desnorteada na beira da cama. Dona Maria avança até a ribalta e grita com Kharima que já está quase saindo do teatro.)

DONA MARIA

Já vai tarde! Ta pensando que a história vai parar só porque você não aceita o papel? Eu não dou mais que dois dias pra você voltar. Eu nunca vi ninguém viver sem história. E não vai ser você que vai conseguir. Quero ver você achar uma outra autora assim que nem ela, pra contar uma história dessa cheia de coisas, cheia de imaginação. Eu quero é ver!

(*Quando Kharima desaparece, Dona Maria olha para trás e percebe que a Moça está completamente arrasada.*)

DONA MARIA

Ô, meu Deus. Minha filha, não fique assim não!...!...! A gente vai arrumar um jeito da história continuar. Não fique desse jeito por uma criatura que nem gente é.

(*A Moça está em prantos e Dona Maria começa a ficar inquieta.*)

DONA MARIA

Olhe, se essa Medusa é tão importante, por que é que você mesma não vai até lá, ter uma prosa com ela hein??? (*Silêncio inquietante.*) Eu, se fosse você eu ia!

A MOÇA

Vamos esperar mais um pouco, talvez a Kharima volte.

DONA MARIA

Se eu fosse você eu não queria mais ela não! Uma criatura que fez isso com você na primeira dificuldade, vai fazer pior ainda quando o sofrimento for maior. Faça você mesma a sua história, minha filha. Vá ver essa Medusa! (*Cada vez mais persuasiva.*) Olha, lá na feirinha eu também comprei umas maquiagens bem brancas, iguaizinhas às da Kharima. (*Confiante, percebendo que está convencendo a Moça.*). Não fique ai derrotada não, meu amor, vamos, enxugue o rosto!

(A Moça obedece e Dona Maria começa a passar pó de arroz em sua face até deixá-la bem alva. Depois elas saem do quarto pela porta que dá para os fundos. A luz do quarto cai bruscamente e a luz dos fundos, as sombras da ficção, sobe suavemente.)

Cena 4

(As sombras de duas cabeças do Cão Cérbero são projetadas. À luz baixa, transparece a silhueta da Moça se aproximando do Cão Cérbero. Este último interroga-lhe, articulando frases, em meio a grunhidos, com esforço suficiente para se fazer compreender.)

CÉRBERO

O que queres?

A MOÇA

A morte. Meus olhos buscam a morte.

CÉRBERO

Errastes o portal. Correstes um risco idiota. Te aproximastes gratuitamente de uma besta que não te podes matar, apenas ferir-te ainda mais. Volta pro teu mundo, meu ofício é impedir que os mortos escapem na intenção dos vivos e não o contrário!

A MOÇA

Se errei a entrada, antes de ferir-me mais ainda, antes de aprofundar-me as chagas, deixe-me entrar e procurar o verdadeiro portal. Deixe-me ir ter com ela, a guardiã soberana do Hades, aquela cuja função é impedir a entrada dos vivos no reino dos mortos.

O CÉRBERO

Se tal é o teu desejo, cederei a passagem, mas antes deves *decifrar-me, ou te devorarei*! ...O que é o que é? Que deveria ser córrego de dia, rio à tarde, e mar à noite?

A MOÇA

Se no enigma da esfinge, a resposta era O HOMEM, a resposta para o teu enigma Cérbero, só pode ser O DESTINO DO HOMEM. Todo homem está predestinado a ser córrego na infância, rio na juventude e mar na velhice. Todo homem deveria seguir o fluxo das águas, contornar os obstáculos e atingir seu objetivo na imensidão azul.

(*O cão Cérbero recua latindo e cede a passagem. A Moça para. Surge a sombra das górgonas rastejantes.*)

ESTENO

Medusa, alguém se aproxima do Hades!

EURÍALE

E deve ser alguém muito poderoso e aterrorizante, porque pôs até o Cérbero pra correr!

MEDUSA (*com uma voz muito parecida com a de Dona Maria, só que mais impostada*)

Para amedrontar o Cérbero, só há duas criaturas: ou é a Velha da Trouxa, em pessoa, ou é alguém que tem parte com ela. "Há mais mistérios no sertão do Nordeste do que possa imaginar a nossa vã mitologia". Seja lá o que for, eu não vou me meter nisso. Não me meto em mito alheio. Mandem entrar, todavia!

(*As górgonas cedem a passagem para a Medusa, cuja sombra se aproxima ereta e imponente. Quando a sombra das górgonas some, a Medusa posiciona-se de costas para a Moça – e para a plateia – que já se encontra novamente dentro do quarto, ajoelhada diante de sua enorme sombra. Essa sombra deve invadir e percorrer todo o quarto, por traz das paredes.*)

MEDUSA

Kharima, Natacha, Maria, Antonieta. Quantos nomes, quantas vidas!!!

A MOÇA

Nós nos conhecemos. Você sabe a que vim.

MEDUSA

Agradeço a deferência. Sobre minha face monstruosa, muitas narrativas foram construídas, muitas representações figuradas. Nenhum mortal, entretanto, jamais ousou me visitar. Nunca fui objeto de culto. Nunca me honraram, nem me conjuraram. E você veio a mim, mesmo sabendo que não me é dado petrificá-la. Eu não posso e não vou fazê-lo!

A MOÇA

Mergulhada numa noite profunda, tenho caminhado na escuridão sem fim, sem documentos, sem lembranças. Até os seres que invento para apaziguar-me o espírito me abandonam. Nada mais me resta.

MEDUSA

Você ainda não aprendeu a reconhecer os sinais, está sem paciência para viver o tempo da iniciação. Não sabe que quanto mais profunda for a tua noite, mais radiante e belo será o teu dia. É assim... Renascer!

A MOÇA

Renascer? Eu não tenho mais a quem recorrer. Eu não sei mais o que fazer... Como alguém pode viver sem saber nada do que foi, do que tem de ser, ou do que pretende ser? Como eu posso existir se sou incapaz de contar essa existência?

MEDUSA

Você sabe contar, sim. E conta muito bem. Você diz que não tem mais ninguém, e se esquece de Dona Maria. Se esquece do quanto ela tem feito e, ainda, está fazendo por você. Preste atenção nos rituais, nas orações, nas sextas-feiras em que ela se veste de branco. Há tanto consolo pra você nesse universo. Tanto unguento para as suas chagas!

A MOÇA

Não, não tente me consolar. Eu vivo como se estivesse petrificada e vago perdida esperando que o fato se consuma. Somente você pode consumá-lo. (*Gritando.*) MEDUSA, transforme meu coração em pedra!

MEDUSA

Não! Você sabe que eu não posso. Em contrapartida, eu posso revelar o que realmente aconteceu.

A MOÇA (*curiosíssima*)

Você sabe o que aconteceu? Você conhece a verdadeira história?

(O adagio *volta a tocar e a Medusa movimentando o corpo lânguida e sensualmente, canta uma canção no ritmo do* adagio.)

MÚSICA

Tava aqui, bem aqui
Sempre esteve aqui
Você não quis ver
Não queria ver
Não podia ver (*bis*)

(O adagio *continua durante toda a reconstituição da história.*)

MEDUSA

Você acredita que esqueceu? Ledo engano! Você a tudo assistiu e de tudo se lembra, mas não quer admitir. Veja!

(*Do lado oposto da parede onde se encontra a Medusa, duas outras sombras são projetadas: trata-se de Kharima e Periam. Ele bem atrás dela com uma grande pedra na mão.*)

PERIAM

Kharima?

KHARIMA

Sim meu Amor...

PERIAM

Olhe pra mim, nos meus olhos!!!!

KHARIMA (*virando e percebendo de súbito que Periam vai acertá-la na cabeça.*)

AAhhhhhh!!! (*Periam desfere o golpe fatal e a luz das duas sombras cai.*)

(*Retorno à Moça e à sombra da Medusa.*)

A MOÇA (*que virou o rosto antes da exibição da última sombra*)

Essa sou eu? Isso aconteceu comigo? Não, não pode ser. Não pode ter sido.

MEDUSA

Sim, aconteceu. Essa é a parte sua que você negou, tentou sufocar com todas as suas forças.

A MOÇA

Por quê? Por que ele fez isso comigo?

MEDUSA

Fraqueza, medo, covardia. Quando ele fez aquela última viagem ao seu país natal, ele contou tudo a esposa que se encontrava gravemente doente. E, ainda tinha os dois filhos deles, na história. Eles eram muito pequeninos e precisavam mais de cuidado e atenção do que você. As coisas não aconteceram exatamente como ele queria. Como você queria! Ele prometeu à esposa que quando te reencontrasse, terminaria tudo com você e voltaria para ela e os filhos. Cuidaria deles e os acompanharia até o fim. E você, sem saber de nada, resolveu presenteá-lo com uma viagem até o sertão do Ceará. Resolveu levá-lo para conhecer o lugar onde você nasceu. A sua tão amada e insólita paisagem. Alugaram um carro e seguiram viagem. No caminho você contou que estava grávida.... Ele não podia ser pai novamente. Ele não queria ser o pai do teu filho. Ele te amava. Foi o homem que mais te amou, mas também foi aquele que agiu da maneira mais trágica e monstruosa. Fugiu enlouquecido pensando que tinha te matado. Ainda vive louco e desesperado achando que você morreu. (*Pausa.*) E você! Você acordou muito antes de Dona Maria chegar. Você ainda levantou. Olhou o deserto ao seu redor. Sabia que conseguiria andar. Sangrava muito na cabeça e entre as pernas... Ai então você se deu conta do imenso abismo que seria a tua vida sem ele, de como seria triste caminhar sozinha... Então você fez uma opção! Você escolheu a morte. Pensou que se ficasse ali, naquele ermo, sangraria até o último sopro de vida. E se deixou desfalecer. Mas ninguém morre assim, por que quer e quando quer... E, assim, doze horas depois com os primeiros raios do sol, Dona Maria chegou... (*Longo silêncio.*) Agora você precisa ir. Levanta, enxuga essas lágrimas e siga em frente.

A MOÇA

Eu não consigo entender. O que foi que fiz a ele pra merecer isso? Matar um amor assim, de maneira ignóbil, vil!

MEDUSA

Você não precisa necessariamente entender. Você precisa aprender a perdoar, se não a história vai se repetir.

A MOÇA

Essa história já aconteceu outras vezes?

A MEDUSA (*Apontando para o outro lado da parede donde novas sombras de casais emergem, executando poses diferente, segundo as datas e os lugares narrados por ela.*)

1698, no Marrocos você o matou de ciúmes; 1869, na França, ele te empurrou de um despenhadeiro; 1896, na Rússia você o traiu e ele mandou matá-la; 1968, no Brasil... Ah, pobre moça, a lista será tão imensa, quão infinitas serão as razões de tanto mal que vocês se fazem um ao outro, a cada encontro. A cada vez vocês perdem a chance de se regenerarem e aumentam mais ainda o fardo.

A MOÇA

É uma história de vidas passadas!!

MEDUSA

Cada civilização, em cada época, chama isso como quer. Mudam-se os nomes e os conceitos, mas a essência e a moral da história permanecem. A mim não me cabe nomear as coisas, apenas revelar. Agora vá, porque seu tempo acabou e eu vou me virar... Se eu me virar e você ainda estiver aí, vai ser uma grande pena. Uma pena, porque você e Dona Maria ainda têm uma grande obra a realizar. Uma grande história para contar!

A MOÇA

Espere! Como fazer para perdoá-lo? O que devo fazer para esquecê-lo?

MEDUSA

Dona Maria sabe. Sabe muito mais do que eu. Você precisa ir!!!

(*A sombra da Medusa em câmera lenta executa os gestos para virar-se. A Moça levanta e vira as costas à Medusa. A Medusa olha a plateia. Barulho de espelhos e pedras quebrando. A Luz baixa subitamente no palco e acende incandescente na plateia.*)

O Começo do Fim

(*É manhã, por volta das cinco horas. O galo canta. A Moça desperta e levanta com a mesma camisola do início. Troca de roupa. Pega a mala em baixo da cama. Dona Maria entra.*)

DONA MARIA

Eu não disse minha filha, que quando chegasse a hora, você ia lembrar direitinho.

A MOÇA

Eu nem sei como agradecer à senhora!

DONA MARIA

Não me agradeça, minha filha. Agradeça a Deus, em primeiro lugar e, depois, agradeça a Caboclo Erú!

A MOÇA

A Caboclo Erú?

DONA MARIA

É, sim, minha filha. Um dia, quando você... Quando a gente tiver mais tempo, eu te conto as benesses que ele te fez, enquanto você dormia, sonhava ou tinha pesadelos, ardia em febre. Ah, minha princesa, você andava tão perdida, parecia uma alma penada… E ele botou a mesa pra você!

A MOÇA

Eu quero muito retomar a minha vida, conhecer minha história. (*Dá um grande abraço em Dona Maria e depois toma suas mãos beijando-as ternamente.*) O que devo fazer para esquecê-lo? Como perdoá-lo?

DONA MARIA

Reze, minha filha. Reze e tente esquecer do fundo do seu coração. O homem que te fez isso, só merece uma coisa de você: o esquecimento! Não guarde rancor, nem ódio. Jogue pra trás. Esqueça todo esse mal que ele te fez e perdoe. Lembre-se que o tempo passa e a vida corre como as águas correm no leito de um rio. O sol nasce para todos e ninguém caminha sozinho!

A MOÇA

Eu vou ter que voltar aqui, sempre, não é?

DONA MARIA

É minha filha! É muito longe, mas você só precisa vir a cada sexta-feira, todo final de mês. Nove vezes!

A MOÇA

E, na nona vez, eu serei batizada!

DONA MARIA

É isso. Você está muito sabida. Mas pelo amor de Deus, vamos deixar de conversa, que o tempo está passando e a senhora já deve estar cansada de te esperar lá fora.

A MOÇA

Senhora?

DONA MARIA

É sim, senhora.

A MOÇA

Tem uma senhora me Esperando?

DONA MARIA

Tem sim minha filha, está lá na sala. Ela está toda de branco!

A MOÇA

Quem é essa senhora? Como ela se chama?

DONA MARIA

Eu não sei não. Nem perguntei o nome dela. Ela me disse que veio te buscar. E veio de muito longe!

(*Nesse momento entra seu Chico, acompanhado da Senhora de Branco, portando um jaleco nas mãos.*)

SEU CHICO

Mas vocês ainda estão aí de prosa? Maria, pelo amor de Deus, a senhora tava lá fora esperando há um tempão!

(*A Senhora de Branco demonstra grande alegria e surpresa ao ver a Moça.*)

SENHORA DE BRANCO

Kharima, Ana Kharima! Há tantos anos que te procuro. Finalmente te encontrei. Como eu esperei por esse momento. Você nem imagina.

A MOÇA (*estupefata*)

Você me conhece? Nós nos conhecemos?

SENHORA DE BRANCO

Isso não tem muita importância agora.

A MOÇA

Qual o seu nome?

SENHORA DE BRANCO

Eu me chamo Elisa. Elisa Martinez. Eu conheci seu pai e recentemente estive com sua mãe. Eu posso te ajudar a encontrar sua mãe. Mas você precisa vir comigo. (*Estendendo-lhes as mãos.*) Você quer vir comigo, Ana Kharima?

(*Atordoada a Moça hesita, mas Dona Maria lhe faz um sinal de consentimento e a mesma dá a mão à Senhora de Branco e sai. Quando já se encontram perto da porta, Ana Kharima volta e dá um grande abraço em Seu Chico e Dona Maria. Ana Kharima e Elisa Martinez se vão. Ao longe, ao som de atabaques, ouve-se o mesmo coro das sete mulheres cantar*)

A sua aldeia é de muita luz
A sua aldeia é de muita paz.
O brilho do sol é o sol
A luz do luar, luar
Caboclo da mata, irmão da Jurema

(*A luz vai caindo aos poucos.*)

FIM.

A Memória Ferida

Personagens

STÉPHANE (e seu duplo)
ANA KHARIMA (e seu duplo)
UMA GARÇONETE (Será a mesma para o bistrô de Montreal e de Genebra, mas com figurinos diferentes).
UMA BELA MULHER
MOÇA VIZINHA, MARIA, A JOVEM
e O VELHO CURANDEIRO.

Cenário:

Dois planos: o da realidade presente e o da memória. No plano da memória dois atores, duplos de Stéphane e Ana Kharima, representarão suas personagens no passado. Quatro narradores, que representarão Maria, a Jovem Moça, a Vizinha e o Velho Curandeiro, virão se juntar a Ana Kharima no plano da memória ou num terceiro espaço, anexo ao plano da memória. O plano da realidade é um bistrô do centro de Montreal (um *lounge*). O plano da memória comporta e mostra, alternadamente, o estúdio de Stéphane e um café suíço chique, estilo *art déco*: Le Relais Bristol.

FIGURA 1 Atores: Sibele Lellis, Gordo Neto e Thor Vaz. ▷▷
Foto: Cal Roque.

Ato I

Cena 1

(Estamos num bistrô do centro de Montreal. É fim de noite. Os clientes partiram quase todos. Alguns outros se preparam para sair. Uma cantora de noite canta a última canção: "Chiquitita", do ABBA. À sua mesa, Ana Kharima conta algumas cédulas, como se fosse encerrar a conta. Ela se prepara para deixar o bar quando Stéphane entra e, ao percebê-la, fica paralisado, olha-a estupefato e se aproxima.)

STÉPHANE

Ana Kharima?!

ANA KHARIMA

Sim... Ah, meu Deus do céu, é você? Não pode ser, eu não acredito!

STÉPHANE

O que é que você está fazendo em Montreal?

ANA KHARIMA

Estou estudando...

STÉPHANE

Você mora aqui, agora?

ANA KHARIMA

É.

STÉPHANE

Desde quando?

ANA KHARIMA (*silêncio constrangedor*)

E você? Suponho que esteja de passagem?

STÉPHANE

É, sim, eu só vim para participar de um congresso… (*Outro silêncio.*)

ANA KHARIMA

Está tudo bem com você?

STÉPHANE

Você não mudou nada e, no entanto, já faz mais de cinco anos que a gente não se vê!

ANA KHARIMA

Tudo isso? O tempo passa rápido!

STÉPHANE

É, o tempo passa… Eu posso sentar?

ANA KHARIMA

Ah, claro, me desculpe… É claro que você pode sentar!

STÉPHANE

Então, está estudando o quê?

ANA KHARIMA

Cinema.

STÉPHANE

Teoria ou prática?

ANA KHARIMA

Os dois, mas eu quero me especializar em roteiro.

STÉPHANE

Que bom. Pelo que estou vendo, você se encontrou. Isso é a tua cara. Realmente. (*Outro grande silêncio constrangedor.*) Quer tomar uma cerveja comigo?

ANA KHARIMA

Sim. Claro.

STÉPHANE

E afora os estudos, você faz mais o que em Montreal?

ANA KHARIMA

Nada de especial. Eu saio. Vou ao café, ao teatro, ao cinema. No inverno, meu circuito é metrô-casa, casa-metrô.

STÉPHANE

E com a saúde, está tudo bem?

ANA KHARIMA

Porque você está me perguntando isso? Por acaso eu estou com cara de doente?

STÉPHANE

Não, não, de jeito nenhum... Não foi isso que eu quis dizer. Por favor, me desculpe!

(*Longo silêncio.*)

ANA KHARIMA

Tudo bem. Tudo bem...

STÉPHANE

Você está tremendo, Ana Kharima? Você está contrariada?

ANA KHARIMA (*nervosa*)

Não, não. Eu estou com frio, é isso.

STÉPHANE

Ah, como sempre! (*Silêncio.*) Você gosta daqui?

ANA KHARIMA (*tensa*)

Sim, gosto muito. Muitíssimo.

STÉPHANE

Essa é demais. Eu nunca imaginei te encontrar assim. Só pode ser coisa do destino! (*Silêncio.*) E eu procurei tanto por você, Ana Kharima. (*Levantando a voz.*) Durante quatro anos, eu segui teus passos, à procura de vestígios. Eu quase enlouqueci, Ana Kharima! E você? Você aqui em Montreal. Estudando cinema. Você parece... Bem tranquila, bem integrada...

ANA KHARIMA (*ela o interrompe*)

Eu estou com sede. Vamos pedir a cerveja?

STÉPHANE

Ah, claro. Eu tinha me esquecido.

ANA KHARIMA

Tudo bem.

(*Ana Kharima faz um sinal à garçonete, que lhe traz uma cerveja.*)

STÉPHANE

Você está mais bonita do que nunca!

ANA KHARIMA

Obrigada.

STÉPHANE

Você lembra da primeira vez em que a gente se viu?

ANA KHARIMA

Mas você é cara de pau, hein!

STÉPHANE

Era primavera. Era um dia lindo. Você estava lendo, deitada sobre a grama, na beira do rio Sena, o rosto completamente escondido pelos cabelos. Eu fiquei um tempão te observando, sem ter coragem de te abordar. E quando eu decidi te falar, uma pessoa veio te perguntar alguma coisa. Eu parei e, para minha grande surpresa, você fechou o livro e levantou a cabeça. Foi então que eu pude ver o seu rosto, seus olhos negros. Como você era bonita, meu Deus! E depois eu ouvi o teu sotaque. Eu me apaixonei, ali mesmo. Quando a pessoa foi embora eu corri até você e perguntei as horas. Nem esperei a resposta. Já fui logo me sentando ao teu lado, sem nem pedir permissão. E comecei a falar o que me vinha à cabeça. Você se lembra da mentira que eu inventei?

ANA KHARIMA (*ela ri com uma criança*)

A mentira da festa?

STÉPHANE

É. Que cara de pau, a minha! Quando você disse que era brasileira, eu comecei a inventar que tinha muitos amigos latinos e que, aliás, a gente estava dando uma grande festa no próximo sábado... E que você seria bem vinda. (*Longo silêncio.*) E você veio, Ana Kharima. Você veio! Foi incrível. Durante todo o dia, eu fiquei eufórico, dilacerado. Ao mesmo tempo em que me dizia: levante, arrume o apartamento, prepare a comida, você convidou uma moça esta noite; eu também respondia: não, não é possível. Você é louco, mas a moça não é. Ela pegou o seu endereço por pura educação. Ela não virá. Levanta, faça a sua parte porque o convite foi feito e pode ser que esta campainha toque a qualquer instante! Então eu comecei a arrumar as coisas... Foi incrível...

Cena 2

(*O plano da memória se ilumina. Estamos no estúdio de Stéphane. A campainha toca, ele vai abrir.*)

ANA KHARIMA

Boa noite. Estou atrasada? Ou muito adiantada?

STÉPHANE

Não, não. Entre.

(*Ana Kharima entra.*)

STÉPHANE

Senta!

ANA KHARIMA

Então é aqui que você mora?

STÉPHANE

É. Este é meu pequeno esconderijo. (*Sem jeito.*) Como pode ver, é tudo muito pequeno. Você quer tomar alguma coisa? Vinho, cerveja?

ANA KHARIMA

Uma cerveja, por favor. E os outros, os teus amigos latinos?

STÉPHANE

Estão chegando... Na verdade, eu me atrapalhei... Eu disse que festa ia começar às oito horas, mas, na verdade, a festa começa às nove. Não, eu me atrapalhei de novo, é às 9h30. É isso, nove...

ANA KHARIMA (*tímida*)

É. É realmente pequeno, aqui. Eu não sei quantas pessoas você convidou, mas pelo que falou... Bem, deixa pra lá!

STÉPHANE

Hum... Na verdade, eu queria te dizer... Eu não conheço nenhum latino... Não tenho amigos latinos... É estúpido o que fiz, mas... Eu só queria te rever... Eu sinto muito...

(*Stéphane senta-se à beira da cama, com a cabeça entre as mãos. Ana Kharima permanece sentada e em silêncio. Ela então se levanta, pega uma cerveja na geladeira, olha-o um bom momento e vai sentar-se ao lado dele.*)

ANA KHARIMA

Eu também... Queria muito ver você de novo.

STÉPHANE

Jura?

ANA KHARIMA

Juro.

STÉPHANE

Você sabia que eu estava mentindo?

ANA KHARIMA

Não. Quer dizer, sim. Enfim, eu desconfiava um pouquinho, mas me deixei levar, porque eu também queria te ver de novo.

STÉPHANE

E eu estou muito feliz por você ter vindo. Obrigado, Ana Kharima. É um nome muito bonito. Eu gosto de pronunciar: Ana Kharima!

(*Stéphane acaricia o rosto de Ana Kharima com a ponta dos dedos, se aproxima suavemente e apenas insinua um beijo discreto.*)

ANA KHARIMA

Está tudo bem, agora?

STÉPHANE

Sim, está tudo bem. Mas pra você me perdoar e ficar melhor ainda, a gente pode sair para jantar. Eu te convido!

ANA KHARIMA

Ah, não, eu prefiro ficar aqui, se você não se importar. Você não estava preparando a comida?

STÉPHANE

Sim, mas eu fiz macarronada... A única coisa que sei fazer!

ANA KHARIMA

Ótimo, eu adoro macarrão.

STÉPHANE

Então fiquemos e façamos nossa festinha!

(Silêncio. Ana Kharima toma a mão de Stéphane, olhando-o nos olhos... Subitamente, Stéphane a beija. Ela se abandona. Blecaute.)

Cena 3

(Retorno ao bistrô de Montreal.)

STÉPHANE *(sem saber o que dizer)*

A Macarronada teve que esperar...

ANA KHARIMA *(com certo pudor)* Normal. *(Silêncio.)*

STÉPHANE *(ansioso)*

Você também se apaixonou por mim? Você me amou?

ANA KHARIMA *(quase que lhe cortando a palavra)*

Eu voltei no dia seguinte, não voltei?

(Silêncio. Ao mesmo tempo em que eles se olham, tentam evitar esse olhar. O mal-estar se instala definitivamente. A tensão e o silêncio marcam a passagem para o próximo plano.)

Cena 4

(Plano da memória. Stéphane encontra-se na porta do estúdio e abraça Ana Kharima, apertando-a com força. Em seguida, eles fecham a porta e sentam-se nas poltronas.)

STÉPHANE

O dia todo eu fiquei pensando em você. Tive muita dificuldade para me concentrar na leitura. Eu estava louco pra te ver!

ANA KHARIMA

Eu também. Eu não consegui fazer nada.

STÉPHANE

Você está com fome?

ANA KHARIMA

Estou, sim. Você fez comida?

STÉPHANE

Não, mas ainda tem de ontem. (*Rindo.*) A gente não comeu nada ontem, lembra?

ANA KHARIMA

Tomara que ainda esteja bom. Você quer ajuda?

STÉPHANE

Quero, sim.

(*Stéphane começa a preparar a comida, enquanto Ana Kharima põe a mesa.*)

ANA KHARIMA

Diga-me, você não é parisiense?

STÉPHANE

Não, eu sou estrangeiro como você.

ANA KHARIMA (*com um sorriso largo*)

É mesmo, você é estrangeiro?

STÉPHANE (*debochando*)

Estou brincando, sou bretão, mas eu moro em Paris há dez anos. Você está procurando os pratos? Eles estão nessa porta aí!

ANA KHARIMA

E os talheres?

STÉPHANE

Aqui. Os copos estão aí em baixo.

ANA KHARIMA

Você trabalha em quê?

STÉPHANE

Eu sou sociólogo. No ano passado, defendi minha tese de doutorado e, neste ano obtive minha qualificação junto ao CNU - Conselho Nacional das Universidades, conhece?

ANA KHARIMA

Conheço, sim. E qual seu ramo da sociologia?

STÉPHANE

Sociologia do Trabalho.

ANA KHARIMA

E está trabalhando muito?

STÉPHANE

Um pouco. (*Silêncio, ele a olha.*) Você é muito bonita, sabia? Então, pra concluir e responder sua pergunta, eu estou estudando pro concurso de professor universitário.

ANA KHARIMA

Onde você pôs o vinho?

STÉPHANE

Lá em cima.

ANA KHARIMA

Você vai fazer o concurso aqui mesmo, em Paris?

STÉPHANE

Em vários lugares: Montpellier, Toulouse, Grenoble. Não tenho muita escolha. Preciso ter uma vida mais estável.

(*Tudo está pronto. Eles sentam à mesa para comer.*)

STÉPHANE

E você? Fala um pouco de você! Faz muito tempo que mora em Paris? O que você faz?

ANA KHARIMA

Faz quatro anos que moro aqui. Fiz meu mestrado em Literatura Francesa e agora estou fazendo doutorado. Estou no terceiro ano.

STÉPHANE

Você estuda em Paris 8?

ANA KHARIMA

Sim.

STÉPHANE

Eu acho que estou apaixonado.

ANA KHARIMA

Já? Assim, tão rápido?

STÉPHANE

Não sei. Acho que sou louco. Vá saber. Eu te amei à primeira vista. Lá, à beira do rio Sena...

ANA KHARIMA (*rindo*)

Uma doce flechada. Você é louco. Louco e adorável... Imprevisível. Eu me sinto tão bem na tua companhia.

STÉPHANE

Você que ser minha namorada?

ANA KHARIMA

Tem certeza de que é isso que você quer?

STÉPHANE

Tenho.

ANA KHARIMA

Pense um pouco mais!

STÉPHANE

Do fundo do meu coração.

ANA KHARIMA

Então eu aceito!

STÉPHANE

A partir de hoje eu sou o homem mais feliz do mundo!

ANA KHARIMA

Você é muito engraçado. Deve ter sido uma criança muito traquina. Muito esperta.

STÉPHANE

Isso eu não sei. Não posso falar. Por que você acha isso?

ANA KHARIMA

Você tem cara de quem viveu uma bela infância. Você se lembra de quando era criança?

STÉPHANE

Sim. A gente morava no campo e eu era muito danado, como todos os meninos da minha idade.

ANA KHARIMA

Você tem fotos dessa época?

STÉPHANE

Tenho. Quer uma sobremesa?

ANA KHARIMA

Não, obrigada.

STÉPHANE

Eu também não. Depois que a gente tirar a mesa, eu te mostro o álbum de fotos da minha infância, já que isso te interessa tanto.

ANA KHARIMA

Está bem.

STÉPHANE

Você tem muitos amigos em Paris?

ANA KHARIMA

Eu, não. E você?

STÉPHANE

Eu tenho alguns, mas, ultimamente, eu não os vejo muito... Por causa do concurso.

ANA KHARIMA

Eu também ando muito ocupada ultimamente. Afora meu doutorado, eu comecei a escrever histórias, contos. Eu tenho andado muito angustiada... Estou escrevendo uma história e não consigo concluir...

STÉPHANE

Meu Deus do céu, eu encontrei uma escritora! E o que você faz além de escrever e de estudar pro doutorado?

ANA KHARIMA

Você não acha que isso já é bastante?

STÉPHANE

É verdade, você tem razão.

ANA KHARIMA

Nas horas livres, eu vou ao teatro, ao cinema, passeio à beira do rio Sena.

(*Eles se olham e se beijam.*)

STÉPHANE

Você é terna. Terna e bela!

(*Ana Kharima vai lavar os pratos.*)

ANA KHARIMA

E seus pais?

STÉPHANE

Eles moram na Bretanha.

ANA KHARIMA

Você os vê sempre?

STÉPHANE

A gente se fala pelo telefone frequentemente. E todo verão eu fico uma parte das minhas férias com eles.

ANA KHARIMA

Nesse verão, se a gente ainda estiver junto, você me leva contigo? Adoraria conhecer seus pais e a Bretanha.

STÉPHANE

Como assim, se a gente ainda estiver junto? Claro que estaremos juntos, e eu te levarei com muito prazer! Meus pais vão adorar saber que eu encontrei uma moça bonita, inteligente e sensível.

ANA KHARIMA

Você acha?

STÉPHANE

Eu tenho certeza!

ANA KHARIMA

Vamos olhar as fotos?

STÉPHANE

Sente aqui, que eu vou procurar o álbum. Eu quero tomar um digestivo. Você também vai querer?

ANA KHARIMA

Ah, quero, sim.

(*Stéphane volta com o álbum, uma garrafa de Armagnac e duas taças. Senta-se e serve.*)

STÉPHANE

A nós!

ANA KHARIMA
Ao nosso amor nascente!

STÉPHANE (*colocando a taça na mesinha de centro e abrindo o álbum*)
Aqui é quando eu tinha três anos.

ANA KHARIMA
Nessa daqui, você está com cara de zangado.

STÉPHANE
Nessa, eu estou pescando com meu pai.

ANA KHARIMA
Ele é legal, seu pai?

STÉPHANE
Um excelente pai.

ANA KHARIMA
Essa é sua mãe?

STÉPHANE
É. Ela é bonita, não é?

ANA KHARIMA
Você deve ter sido uma criança muito feliz. Você teve sorte.

STÉPHANE
É, eu tive muita sorte. Aliás, eu nunca me lamentei.

ANA KHARIMA
Eu gostaria muito de conhecer seus pais. Pelo jeito que eles cuidam de você nas fotos, parecem ser gente muito boa.

STÉPHANE

Também não precisa exagerar. Quando a gente coloca uma criança no mundo, tem que assegurar o mínimo possível. O fato de eu nunca ter me lamentado não significa que meus pais foram heróis comigo. Eles não fizeram mais que a obrigação de pais.

ANA KHARIMA

Concordo, mas existem muitos pais que não agem assim.

STÉPHANE

No Brasil?

ANA KHARIMA

No mundo todo, eu acho. Você gostaria de ter filhos?

STÉPHANE

Não, eu já tenho um que vale por dez.

ANA KHARIMA

Você tem um filho? E onde ele mora?

STÉPHANE

Com minha ex-mulher, na Bretanha.

ANA KHARIMA

Você é divorciado?

STÉPHANE

Ainda não, mas não vai tardar. Só faltam mais alguns procedimentos jurídicos.

ANA KHARIMA

Você gostaria de ter mais filhos?

STÉPHANE

Mais pra frente. Agora não. Eu preciso de um emprego, de uma situação estável.

ANA KHARIMA

Sabe? Eu acho que também estou apaixonada por você.

STÉPHANE

Você quer viver comigo?

ANA KHARIMA

O quê?

STÉPHANE

Você seria capaz de morar comigo, aqui, nesse estúdio?

ANA KHARIMA

Você é louco? A gente nem se conhece direito!

STÉPHANE

Vamos aproveitar a ocasião, então.

ANA KHARIMA

E se eu disser que sim?

STÉPHANE

Vai ter que cumprir com a palavra!

ANA KHARIMA

Então, quando é que eu posso me mudar?

STÉPHANE

Ontem!

(Stéphane a toma em seus braços e a conduz até a cama. Ele a deita e a beija e se põe sobre o corpo dela. A luz cai.)

Cena 5

(O plano da realidade se ilumina. Retornamos ao bistrô de Montreal.)

STÉPHANE

Eu te amei, Ana Kharima. Mais do que tudo no mundo. Dei as chaves da minha intimidade, com uma confiança aterradora. Sei que errei. Sei que nem sempre fui compreensivo com você, não como você queria que eu fosse... Mas eu te dei tudo o que tinha: minha vida, minha casa, meu mundo!

ANA KHARIMA

Tudo isso ficou pra trás. Vamos esquecer. Eu nem tenho mais raiva de você. Já superei tudo isso, eu te juro. Já esqueci.

STÉPHANE

Não é verdade! Não pode ser verdade! Você diz isso pra tentar me consolar. Eu me lembro... Fui eu, Ana Kharima, que te virei as costas no momento em que você mais precisava de mim. Precisava que eu acreditasse em você. Você só tinha a mim naquele momento. A mim e a mais ninguém. E eu tenho certeza que você não esqueceu. Esse tipo de coisa fica gravada pra sempre na memória. Pelo amor de Deus, eu te tomei por uma mentirosa, quando você dizia a verdade. A verdade nua, sem aumentar nada. Até o que me parecia incoerente era terrivelmente verdadeiro...

ANA KHARIMA

Como é que pode ter tanta certeza?

STÉPHANE

Eu sei. Agora eu sei... Enquanto você estava no hospital...

ANA KHARIMA

Por favor! Vamos parar com essa tortura. Nós estamos em Montreal e esse passado ficou bem longe atrás de nós. Não vamos desenterrar os mortos!

STÉPHANE

Você tem razão. Ficar remoendo o passado não nos levará a nada. Se bem que isso é mais fácil pra você, do que pra mim... Porque eu... Os últimos quatro anos da minha vida... Eu passei te procurando. Te esperando. Não houve um só dia sem que eu pensasse em você. Ainda hoje eu abro as janelas e... Agora, por exemplo, eu vejo Paris, o vigésimo distrito... E eu espero um milagre: você aparecerá no canto da rua. Seu sorriso. Eu espero que suba as escadas correndo, que venha se sentar ao meu lado. Que me conte outra vez sua história.

ANA KHARIMA

Contar a minha história? É uma piada? Para apagar a minha história da sua vida, bastou um telefonema e Ana Kharima desapareceu... Se calou! Nunca mais você a ouviu. Nunca mais ela te importunou. Você se desfez de mim friamente, Stéphane. Como quem abandona um animal na beira da estrada! Quando eles vieram me buscar, antes de sair, eu olhei pra trás... Eu te olhei nos olhos. Você permaneceu em pé, os braços cruzados, indiferente e glacial. Eu não vi sequer uma sombra de remorso no teu olhar. Nem uma gota de compaixão. Agora quer me convencer que você mudou? Francamente, Stéphane, por favor, me conte uma história mais coerente, mais verossímil, enfim! (*Sarcástica.*) Você nunca imaginou que eu te pediria isso um dia, hein? É a minha vez!

STÉPHANE

Ana Kharima, você não me compreende. Será que você não vai me compreender nunca?

ANA KHARIMA

Bom, era só o que faltava! Você no papel do incompreendido. E provavelmente a culpa é minha. Continue!

STÉPHANE

Qualquer pessoa, no meu lugar, teria feito o que eu fiz. (*Desconcertado*) Eu não sabia o que fazer. Eu nunca tinha conhecido ninguém com uma personalidade assim... Com tantos estados d'alma. Eu era louco por você, Ana Kharima. Mas você me metia medo. Meu Deus, eu não sabia mais onde estava pisando. A cada dia um novo capítulo. A cada noite um conto fantástico!

ANA KHARIMA

Fantástico. É isso... (*Ela fica triste, como se fosse chorar.*) Eu me lembro como se fosse hoje, do dia em que comecei a te contar a MINHA HISTÓRIA. Foi no dia em que eu me mudei pro teu apartamento... O dia mais triste e mais feliz da minha vida

Cena 6

(*Plano da Memória. Estúdio de Stéphane. A campainha toca, Stéphane vai atender. É Ana Kharima, com duas malas. Stéphane ajuda-a colocando uma mala ao lado da cama e outra perto do sofá. Eles se abraçam se beijam longamente. Ana Kharima vai até o guarda-roupa, abre uma das malas e começa a arrumar suas roupas.*)

STÉPHANE

Enquanto você arruma suas coisas, eu vou preparar o jantar. Você quer tomar um aperitivo comigo?

ANA KHARIMA

Claro. Excelente ideia.

STÉPHANE (*da pequena cozinha*)

Qual é sua programação para o dia de amanhã?

ANA KHARIMA

Pela manhã, eu vou à Faculdade pesquisar documentos e, à tarde, eu vou tentar escrever um pouco… Preciso realmente avançar na escrita da minha nova história.

STÉPHANE

Você me conta um pouco? Eu tô louco pra saber. Fala do quê, essa história?

ANA KHARIMA

Você quer que eu diga agora? Não posso. Eu sou tímida. Eu não estou pronta.

STÉPHANE

Mais tarde, então?

ANA KHARIMA

Pode ser.

STÉPHANE

E o doutorado?

ANA KHARIMA

Ah, nem me fale. De qualquer forma eu nunca estou satisfeita. O que é que eu posso dizer… Estou no terceiro ano e no próximo tenho que concluir essa tese. Ainda não escrevi uma linha sequer! E você? Vai fazer o que do seu dia, amanhã?

STÉPHANE

Ultimamente, quando não estou no trabalho, eu estudo nas bibliotecas. Eu não acho sadio trabalhar no mesmo ambiente em que se dorme! Não é bom ficar fechado num pequeno estúdio como esse.

ANA KHARIMA

Concordo plenamente. Tá vendo? A gente se parece! (*Contemplativa*) Você é tão bonito... Eu te amo.

STÉPHANE (*vai à mesa de centro em face do sofá, põe uma bandeja com aperitivos e copos de vinho*)

Agora vem! Depois você continua esta arrumação. Vem, vamos brindar um pouco e falar de nós. Nós merecemos.

ANA KHARIMA

Você tem razão.

STÉPHANE

Não me diga sempre que eu tenho razão, senão eu vou acabar acreditando. Tudo o que eu falo, você concorda. Você precisa me contrariar um pouco!

ANA KHARIMA

Não se preocupe, vai chegar a hora... Quanto mais tarde, melhor!

STÉPHANE (*em tom de deboche*)

É uma ameaça?

ANA KHARIMA

Não, não. É uma previsão elementar. Acontece com todos os casais, quando a rotina se instala. Mas eu não quero falar disso. Eu nem bem cheguei e já estou falando de rotina. Como você pode ver, eu não sou lá muito otimista. Antes de chegar a esse ponto eu quero te dizer que esta noite não existe pessoa mais feliz do que eu!

STÉPHANE

Eu faço minha as tuas palavras! (*Ele oferece uma taça a Ana Kharima, que já está sentada.*) Um brinde ao nosso encontro. À nossa vida futura!

ANA KHARIMA

A nós!

STÉPHANE

Ana Kharima. Que nome bonito! Então, Ana Kharima, fale-me de você. Finalmente eu me dei conta que você sabe tudo de mim, mas eu não sei nada de você. Falei demais e não te perguntei quase nada... Isso é que é confiança.

ANA KHARIMA

Eu não falo muito de mim! Eu não me sinto bem falando de mim. Pode parecer paradoxal, porque eu falo muito, às vezes. Mas quando se trata de mim, eu perco o dom da palavra. Eu não consigo me expressar de maneira inteligível, quando se trata da minha vida...

STÉPHANE

Vejo que é mais complexa e enigmática do que eu imaginava. É bom que seja assim. Eu adoro mulheres assim!

ANA KHARIMA

Pode ser pura melancolia...

STÉPHANE

Normal, isso vai ao encontro do natural poético e feminino!

ANA KHARIMA

Pode ser uma ferida existencial profunda...

(*Stéphane a fixa, perplexo.*)

ANA KHARIMA (*cortando o silêncio*)

Então, você ainda quer que eu te conte uma história? Tem que ser a minha história?

STÉPHANE

Não necessariamente. Quer dizer... Já que você tem dificuldades nesse domínio, eu me contentarei com outra coisa. Fale do seu país ou da sua cidade, por exemplo. Conte uma história que aconteceu com alguém que você conhece. Uma história que te inspire. Conte-me uma história e eu te direi quem és!

ANA KHARIMA

Você é muito engraçado. Não esquenta com nada. Se a situação começa a ficar tensa, constrangedora, você dá um jeito. Eu gosto disso. Gosto mesmo!

STÉPHANE

Porque você não me conta a história que você está escrevendo?

ANA KHARIMA

Ah, não, ela está apenas esboçada! A intriga está toda descosturada. Não...

STÉPHANE

Você tem uma ideia, não tem?

ANA KHARIMA

Tenho. Eu tenho uma ideia. Um argumento, como se diz no cinema.

STÉPHANE

Você gosta de cinema também?

ANA KHARIMA

Muito. Eu quero fazer cinema. Mas esse é um projeto para o futuro. Pensar nisso agora é um pouco demais. Primeiro eu tenho que terminar o que comecei: meu doutorado e essa história.

STÉPHANE

Então. Essa história, você vai me contar ou não?

ANA KHARIMA

Eu estou avisando, não é nada interessante. Minhas histórias são muito tristes!

STÉPHANE

Veremos!

ANA KHARIMA

Então, tá!

Cena 7

(Estúdio de Stéphane. Nova luz, sombria. Em todo caso, um tom mais sombrio que antes. Ana Kharima se ajeita sobre o sofá e adota um tom recitativo, épico. Ao longo da narração, se o rosto de Ana Kharima é todo iluminado, o de Stéphane deve permanecer na penumbra.)

A história acontece. 1968... Eleanor Gonzáles Dias, uma mulher muito bonita, aparentando seus 35 anos, chega num pequeno vilarejo do sertão do Ceará, no Nordeste brasileiro. Ela tem um forte sotaque espanhol e os moradores da cidade sequer desconfiam de onde ela vem: Cuba? Não, Colômbia! Eles não conhecem outro lugar além da cidade deles. Mas isso pouco importa. Essas pessoas não estão nem um pouco preocupadas com questões de origens. Pelas boas maneiras e pela figura daquela mulher, eles a acolhem imediatamente e passam a chamá-la de a Estrangeira Bonita.

Eleanor Gonzáles Dias estava em viagem de férias, quando seu carro quebrou na pista próxima à cidade. Para piorar a situação, ela teve um mal estar e desmaiou. Levaram-na até a casa do Médico: o único da cidade. O Médico não somente atendeu a Estrangeira Bonita como lhe ofereceu hospitalidade, até que ela se recuperasse, tivesse seu carro consertado e pudesse, enfim, seguir viagem. Isso levou umas duas semanas porque tiveram que mandar buscar uma das peças do carro na capital, Fortaleza.

Foi durante a segunda semana que Eleanor Gonzáles Dias, enquanto passeava por entre as plantações de milho, encontrou José, um roceiro conhecido de todos pela sua força de trabalho, sua sabedoria e seu silêncio. José não gostava que se metessem em sua vida, por isso nunca se metia na vida de ninguém. Solitário e muito solidário, ele tinha boa reputação na cidade. Foi amor à primeira vista entre José e a Estrangeira Bonita, de sotaque encantador. Eleanor Gozáles Dias contava essa história para quem quisesse ouvir, porque ela sabia o tremendo efeito que isso causava em José. Sempre silencioso, José ficava vermelho quando Eleanor lembrava essa história. E ela sabia que era de orgulho! Mas o fato de José se mostrar tão apaixonado e tão alegre suscitou muito converseiro na cidade. As pessoas estavam ao mesmo tempo contentes e desconfiadas dessa paixão súbita. Muitos chegaram até a apostar que esse idílio não duraria! Maria, a irmã de José, foi certamente aquela que mais sofreu em silêncio, dilacerada entre a alegria de ver o irmão apaixonado e o medo do que espreitava sua família. De fato, a partir do momento em que José se apaixonara pela Estrangeira Bonita, Maria pressentiu uma espécie de mau agouro rondando a casa!

Depois de pensar muito, Maria decidiu que falaria com seu irmão. Pela primeira vez se meteria na vida dele. Ela precisava impedir que ele fosse longe demais nessa história com Eleanor. Para Maria, era imprescindível proteger José, antes que fosse tarde demais! Mas tarde demais por quê? Ela não sabia dizer o motivo. Sua intuição, no entanto, era muito forte. Um dia Maria tomou a direção do milharal, perto do rio que atravessava a cidade. Mas as coisas não aconteceram como ela previra. Ao chegar, ela assistiu à mais bela cena já vista por seus olhos muito embora esse espetáculo cortasse sua alma em duas: Seu amado irmão e a Estrangeira Bonita, deitados na margem esquerda do rio, abandonando-se a carícias ardentes. Durante alguns instantes, Maria ficou ali, petrificada. Algum tempo depois, ainda emocionada, ela deu meia volta. No caminho, ela mal conseguia controlar seus pensamentos, pôr ordem nas ideias. "Eu não tenho o direito de estragar a felicidade do meu irmão José, que já é tão triste e tão fechado, condenado a viver nessa cidade, sem nada, nem ninguém", dizia a si mesma, como se quisesse se convencer. Maria tinha que admitir que José nunca estivera tão feliz, quanto agora, com a chegada dessa estrangeira. Apesar dos maus pressentimentos, se calou e decidiu tudo aceitar em silêncio... Por amor... (*Longo silêncio.*)

Naquela mesma noite, José convidara a Estrangeira Bonita para morar com ele, na pequena e modesta casa que dividia com sua irmã, Maria. Por mais incrível que isso tenha parecido, Eleanor Gonzáles aceitou, sem hesitar! Maria se enclausurou no seu silêncio e ficou nesse estado durante muito e muito tempo. Os dias passavam e a Estrangeira Bonita não parecia mais querer partir. Maria morria de curiosidade de saber um pouco mais sobre essa desconhecida que, por razões bem distintas das de José, nunca, nunca falava de si mesma. A discrição e o silêncio da Estrangeira Bonita eram qualidades que José apreciava muito. Ele confessara isso à irmã, inúmeras vezes. Mas para Maria, ali onde José via uma qualidade e um fundamento para o seu amor, escondia-se a fonte da sua desgraça.

Embora a Estrangeira Bonita tivesse se instalado definitivamente na casa de Maria e José, ela mantinha ainda uma relação estreita e intensa com o Médico da cidade. Ela justificava essa relação pelo fato de o Médico tê-la acolhido e curado de maneira tão amável. Preservar o contacto e visitá-lo todos os dias seria apenas uma expressão de gratidão, uma espécie de obrigação. Reciprocamente, o Médico vinha vê-la todos os dias, quase sempre com a desculpa de andar um pouco, se exercitar e tomar o melhor café da cidade: o café feito por Maria. Excelentes razões para suscitar e solidificar uma amizade! Era com estas palavras que a Estrangeira Bonita tentava convencer Maria, José e quem mais quisesse ouvir.

Não se sabia muita coisa sobre o Médico, também. Afora o fato de que ele se chamava Andreas Martinez, filho de espanhol, nascido em São Paulo. Há pouco mais de um mês, ele havia chegado neste vilarejo árido, plantado no coração do Nordeste. O Médico era simpático, solícito e parecia competente. Isso era tudo o que se sabia dele. Era costume, ver passar médicos e mais médicos por aquele lugar, sem que nenhum se demorasse por muito tempo. Ninguém viu nada de anormal e não procuraram saber mais sobre Andreas Martinez. Para dizer a verdade, as circunstâncias de sua instalação no vilarejo passaram praticamente despercebidas. Em todo caso, não levantaram nenhuma suspeita. Mas com a Estrangeira Bonita e seu sotaque espanhol, as coisas eram bastante diferentes. Sua presença suscitava a curiosidade do vilarejo inteiro. As pessoas se perguntavam como esta mulher tinha vindo parar naquele lugar perdido e por que, após esse estranho mal estar, o Médico decidiu hospedá-la em sua casa, aguardando, segundo ele, o tempo em que sua saúde melhorasse e que seu carro estivesse consertado.

Para Maria, o que mais incomodava eram as visitas do Médico, que agora passavam a ser cotidianas! Os vizinhos falavam e a fofocaria corria aos borbotões no vilarejo! Maria tinha decidido não se meter nesta história... Só que agora ela se sentia na obrigação de sacudir seu irmão, de acordá-lo! José precisava abrir olhos, ele, que tinha se transformado num zumbi, enfeitiçado por aquela estrangeira. Maria tomou uma decisão importante: assim que seu irmão chegasse da plantação, no fim da tarde, ela pediria à estrangeira que se ausentasse um pouco, para que eles pudessem conversar a sós. (*Silêncio.*)

Cena 8

(*A luz volta ao normal no plano da realidade presente.*)

STÉPHANE (*surpreso*)

Não terminou ainda, não é?

ANA KHARIMA

Não, não, claro que não terminou, mas eu preciso de uma pausa.

STÉPHANE

Oulalá, é uma história bem interessante. Eu gosto! (*Ele aplaude entusiasmado.*)

ANA KHARIMA

Você gosta mesmo?

STÉPHANE

Muito! É intrigante. Palpitante... Não sei por que você me fez tantas reservas!

ANA KHARIMA

Espere um pouco, você está apenas no comecinho da história.

STÉPHANE

Você já escreveu essa parte toda?

ANA KHARIMA

Já. Quer dizer, mais ou menos... Eu comecei a escrever, mas ainda não terminei. Na verdade, eu acabo de me dar conta de que o fato de contar essa história poderá me ajudar a escrevê-la.

STÉPHANE

Você devia concluir logo e tentar publicar!

ANA KHARIMA (*sorrindo*)

Você está indo rápido demais.

STÉPHANE

Eu não sou um especialista em literatura, mas eu tenho bom gosto e sei reconhecer uma veia literária.

ANA KHARIMA

É encorajador, mas no momento eu preciso terminar meu doutorado.

STÉPHANE

Ouça, se eu fosse você, eu tentaria fazer os dois ao mesmo tempo. Com esse talento, você encontraria uma editora facilmente!

ANA KHARIMA

Pelo amor de Deus... Você está falando sério? Eu pensei que estivesse brincando.

STÉPHANE

De jeito nenhum. Estou falando sério e até posso ajudar. Eu tenho amigos que se interessariam por esse projeto.

ANA KHARIMA

Antes de pensar na publicação, seria bom que você conhecesse a história um pouco mais, não?

STÉPHANE

Claro, absolutamente. Continue!

Cena 9

(*Mudança de luz. Mesma atmosfera da Cena 7*)

ANA KHARIMA

Para Maria, foi a tarde mais longa de toda sua vida. Ela tinha repetido todos os gestos e todo o discurso que diria para José, porém uma vez mais as coisas não aconteceriam como ela imaginara. Quando José chegou, já eram quase oito horas da noite. Abraçado à Estrangeira Bonita, ele estava tão animado e feliz que parecia um anjo. Eles entraram em casa rindo e falando alto. Foram até a cozinha, onde Maria estava sentada. José abraçou a irmã e, como um louco, suspendeu-a e rodopiou com ela durante muito tempo. Maria sentiu vertigens. Quando ele a pousou no chão, beijou-lhe a face e anunciou a novidade: Ele ia ser pai. A Estrangeira Bonita estava esperando um filho. O Médico havia dado o diagnóstico naquela mesma tarde. (*Silêncio.*)

Maria estremeceu. Uma vez mais ela foi invadida por um mau pressentimento: muito em breve uma tragédia recairia sobre ela e sobre toda a sua família... Maria despendeu todos os seus esforços para se controlar e dissimular o estupor que se apoderara do seu ser. Ela fez de conta que estava feliz e, tão logo teve oportunidade, se retirou alegando cansaço. Uma vez no quarto, Maria se refugiou nas preces. A partir desse dia, os cinco meses que se seguiram passaram numa velocidade impressionante e, decididamente, Maria não gostava dessa estranha aceleração do tempo! Ora, quanto mais o tempo voava, mais seus pressentimentos aumentavam!

Quanto à Estrangeira Bonita, ela reclamava cada vez mais de cansaço e parecia cada dia mais inquieta, infeliz. A gravidez, muito difícil, obrigava-a a visitar o Médico todos os dias. Apesar das dores de cabeça, das constantes crises de vômito e do cansaço visível, as consultas repetidas afiaram as línguas do vilarejo... Boatos ecoavam em todos os cantos. Maria tinha certeza que seu irmão ouvia e sofria com estes boatos, mas não dizia nada por causa da sua natureza taciturna. Como sempre, José se fechara num silêncio impenetrável. O amor daquela estrangeira tinha sido uma chama que se esvaiu na mesma velocidade em que se acendeu. (*Silêncio.*)

Em 13 de agosto de 1968, durante a tarde, dois meses antes da data prevista, quando José ainda se encontrava na plantação, a bolsa estourou. Maria correu ao posto médico para buscar ajuda. O Médico veio rapidamente e conduziu a Estrangeira Bonita, mas não tiveram nem tempo de chegar ao destino: o parto aconteceu na estrada mesmo. Era uma menina que, apesar dos sete meses apenas, gozava de uma saúde perfeita e tinha o peso normal. Estranho, muito estranho, murmurou Maria, olhando a recém-nascida nos braços da mãe. E, para completar, a criança não parecia em nada com José. Mas Maria evitou comentários, como sempre. Ela se retirou do quarto um instante e rezou com todas as suas forças. Em seguida, se precipitou em direção ao milharal para anunciar a novidade a José.

Quando ele soube, largou a enxada e se pôs a correr como um louco. Dir–se ia que ele voava. Nada nem ninguém poderia tê-lo alcançado. E, uma vez mais, Maria prometeu que por nada no mundo ela estragaria a felicidade deste irmão, simplesmente porque alguém tão maltratado pela existência, que tão pouca graça recebera da vida, não merecia conhecer a verdade. Não agora! Ainda que a felicidade de José estivesse com os dias contados, vê-lo, rosto transformado, como uma criança feliz, também proporcionava a Maria alguns instantes de felicidade! Com a chegada da criança, José esquecera até que a Estrangeira Bonita o evitava sistematicamente!

Depois do nascimento da menina, o Médico diagnosticou uma depressão pós-parto e recomendou um acompanhamento médico rigoroso. Assim, a Estrangeira Bonita permanecia deitada todo o dia, se levantando apenas para ir ao posto ver o Médico. Se as consultas diárias antes se davam no posto, agora elas haviam se transformado em passeios no leito do rio, que há alguns meses não via a cor da água. Os encontros se eternizavam, lá onde os habitantes da cidade, os olhos ávidos e impiedosos, apreciavam o espetáculo desta dupla destoante dos costumes daquele lugar. A aparente indiferença de José não abrandava a situação, nem fazia calar as línguas das comadres. Ao contrário, quando o sol nascia, José tomava silencioso o caminho do milharal e retornava mais silencioso ainda, à hora do almoço. Após uma pequena sesta, voltava ao trabalho. Por outro lado, a Estrangeira Bonita se levantava às duas e meia da tarde, numa pontualidade inesperada, colocava seu belo vestido, penteava os cabelos negros e partia na direção do rio. Todo o vilarejo espiava seus movimentos, todos resmungavam...

Eleanor, entregue à sua doença, não desenvolveu nem um pouco o seu instinto maternal: nunca cuidava da criança e nunca lhe demonstrava interesse. Pelo contrário, ela havia suplicado a Maria que se ocupasse da menina, uma vez que se encontrava incapacitada. Maria ficou muito surpresa com este pedido, mas atendeu. Um fato muito estranho é que assim que a Estrangeira Bonita saía, a criança chorava desesperadamente. Nada podia acalmá-la. Maria a tomava em seus braços e, com suas preces, tentava apaziguar-lhe o espírito, ninando-a... Em vão, pois somente quando a mãe voltava, quando ela ultrapassava a soleira daquela modesta casa, é que cessavam os gritos da inocente. Maria via, neste estranho ritual, um sinal. Um sinal de desgraça. O momento tão aterrador estava se aproximando.

(*Ana Kharima para a narração, como se estivesse asfixiada.*)

Cena 10

(*A luz volta ao normal.*)

STÉPHANE

O que foi? Está passando mal?

ANA KHARIMA

Não... Está tudo bem.

STÉPHANE

Você está com dor?

ANA KHARIMA

Sim... Não...

STÉPHANE

O que é que está acontecendo? É a história?

ANA KHARIMA

É.

STÉPHANE

Você está chorando? Quer parar um pouco?

ANA KHARIMA

Não. Este é o momento mais triste. É por isso que...

STÉPHANE

Eu não disse? Você realmente tem vocação para a escrita! Você vive e sente tudo o que vivem e sentem suas personagens.

ANA KHARIMA

Você acredita nisso?

STÉPHANE

Claro que acredito. Olha, se você quiser a gente retoma amanhã.

ANA KHARIMA

Não, eu já estou bem melhor. Só mais um tempinho e eu continuarei. Contar essa história me faz muito bem! Quanto mais eu conto, mais eu compreendo. Você não quer abrir outra garrafa de vinho?

STÉPHANE

Excelente ideia! Eu vou buscar.

(*Sthéphane volta com o vinho. Põe na taça dela e se serve depois.*)

ANA KHARIMA

Obrigado. Hum, muito bom!

STÉPHANE

É bom mesmo.

ANA KHARIMA

Agora eu acho que já posso retomar o fio da história.

STÉPHANE

Tem certeza?

ANA KHARIMA

Você não gostaria de conhecer o desfecho?

STÉPHANE

Claro que sim. Essa história é muito curiosa e você conta muito bem.

ANA KHARIMA

Você está sendo sincero?

STÉPHANE

Você tem dúvidas?

Cena 11

(*A luz baixa até uma penumbra escarlate.*)

ANA KHARIMA

O trágico momento, tantas vezes pressentido e temido por Maria, chegara. Aquele dia havia começado com uma manhã fria e cinza. Havia chovido muito e toda a noite. O rio transbordava assustadoramente. A época das cheias chegara. Até mesmo a natureza já começara a chorar, pensou Maria em segredo. José despertou mais taciturno do que nunca. Seus olhos refletiam uma tristeza infinita. Naquele dia, ele não voltou para o almoço. Quando a Estrangeira Bonita saiu, às três da tarde em ponto, a criança sequer gemeu, permanecendo no berço, quieta e silenciosa, os olhos colados no telhado, no vazio. Ao observá-la neste estado, o coração de Maria disparou. Agora, ela sabia, deveria se preparar para o pior. Suas premonições se cumpririam naquele dia.

Sentada ao lado do berço, com a cabeça baixa e o peito apertado, Maria esperou o tempo passar. Por volta das quatro horas, uma vizinha, muito aflita, bateu à porta. Maria foi abrir e convidou-a para sentar. Na cozinha, uma em face da outra, após alguns instantes de silêncio que pareceram uma eternidade, a vizinha começou a contar...

Cena 12

(*Espaço dos narradores: Maria e a vizinha.*)

A VIZINHA

Apesar da chuva que caía aos borbotões, eu e várias pessoas da cidade fomos ver, escondidos atrás das moitas, o encontro do Médico com a Estrangeira Bonita. O Médico chegou primeiro e parecia muito nervoso. Da outra margem do rio podíamos adivinhar sua respiração. Duas a três vezes ele se abaixou para molhar o rosto. A Estrangeira Bonita chegou depois. Ela o beijou no rosto, discretamente. Ficaram em pé, falando um bom tempo, mas o vento nas folhas e o barulho da correnteza não nos deixaram escutar o que eles se diziam. Em seguida, o Médico tirou um envelope da sua pasta e o entregou à Estrangeira Bonita, que pulou de alegria, como uma criança. Foi nesse momento que ela beijou o doutor nos lábios e ele aproveitou para abraçá-la. Então eles permaneceram assim, num longo e caloroso abraço.

Em nenhum momento alguém suspeitou que, naquele dia, José também tinha vindo vigiar os amantes. Ele também havia escolhido uma moita especial. Aquela que permitia uma visão ampla de toda a margem esquerda do rio. Ninguém o viu chegar! Ele permaneceu atrás da moita, silencioso e pronto para atacar, tal qual uma fera na tocaia. Sem sombra de dúvida, José viera tirar a prova das fofocas que lhe renderam uma infame reputação no vilarejo. Com estes ouvidos que a terra há de comer, eu o ouvi murmurar uma prece num sopro arfante. Naquela tarde, nem o próprio José poderia dizer quantas vezes ele havia levantado as mãos para o céu e implorado, em preces, que a sua Estrangeira Bonita não comparecesse a este maldito encontro. Mas eis que José, que jamais juntara as mãos em sinal de oração, eis que o ateu da cidade não veria suas preces atendidas!

Então, quando José viu sua amada se jogando nos braços do Médico, o sangue lhe subiu à cabeça e ele soube que o momento de cumprir o seu destino chegara. Não havia mais recuo possível. Nada poderia detê-lo e a obrigação de limpar sua honra gritava mais forte. Quando José saiu da moita, o Médico abraçava ainda a Estrangeira Bonita. Quando ele avistou José, o pavor reverberou em seus olhos. Desesperado, ele se desgarrou do abraço e fugiu na direção da cabeceira do rio. À Estrangeira Bonita não restou nem o tempo de virar-se e compreender o que estava acontecendo. José, o rosto transfigurado pelo ciúme, a esfaqueou selvagemente. Foram três golpes nas costas. Seu corpo caiu pesado nas águas turvas e barrentas do rio. Pouco a pouco a correnteza foi afastando o corpo da margem, até que ele desapareceu. Com um olhar oco e sem um gesto de compaixão, José abaixou, limpou o sangue da faca nas águas, guardou-a na bainha e foi embora na direção do milharal. Foi assim que aconteceu, Maria. Exatamente assim.

Cena 13

(*Retorno ao estúdio, Ana Kharima retoma a narração.*)

ANA KHARIMA

Agora Maria sabia de tudo. Era necessário tomar algumas decisões importantes. Antes de qualquer coisa, era necessário decidir o que fazer com a criança. Maria correu até o quarto. A pequena permanecia calma e silenciosa, na mesma posição e com o mesmo olhar vazio, pregado no telhado. Maria voltou à cozinha, despachou a vizinha, suplicando para nunca mais voltar a falar daquele maldito dia e para convencer os outros vizinhos, testemunhas do crime, a silenciarem eles também e para sempre. Tão rápido quanto a notícia do assassinato, as súplicas de Maria ecoaram em todo o vilarejo. E depois daquele dia nunca mais se falou naquele caso. A polícia nunca compareceu à casa de José e de Maria. A única testemunha que poderia denunciar José era o Médico. Mas esse nunca mais voltou e nunca mais se ouviu falar dele. Partiu como chegara, sem deixar rastros!

Do seu lado, José se refugiara num silêncio ainda mais doentio. Depois daquele dia, ele nunca mais brincou com a criança. Nunca mais lhe olhara nos olhos. Quinze anos se passaram. Quinze anos cultivando o esquecimento… Ano após ano, nas trevas glaciais do silêncio. Mas nada se cala assim, para a eternidade, porque um vilarejo um dia decidiu. E, assim, desde que aprendera a dar os primeiros passos, a cada cheia do rio, a menina ardia em febre e tomada por alucinações, corria desesperada até a beira do rio… Tentava se jogar. Acontecia assim, todos os anos. Maria já estava acostumada e quando os primeiros relâmpagos e trovões ecoavam ao longe, na cabeceira do rio, ela começava a se preparar para o pior. Era a época de vigiar a pequena, dia e noite.

Nos cinco últimos anos, no entanto, as coisas tinham piorado. Já não bastava apenas vigiar a menina, era necessário amarrá-la durante dias e noites, até que o leito do rio baixasse. As crises de febre eram agora mais devastadoras e duravam cada vez mais. Acontecia, às vezes, da menina ficar durante dias e noites sem comer nem dormir. Como o pai, ela se enclausurara num silêncio impenetrável. Maria a observava na sua magreza e palidez, dobrar-se sobre o próprio mutismo, como uma ostra se contorcendo de dor, ao ter a concha invadida por um grão de areia. A esta menina só restava esperar o momento em que se transformaria em pérola. Mas esse momento e essa transformação só podiam ter lugar quando a verdade emergisse daquelas águas turvas, pensava Maria numa clarividência assustadora. (*Silêncio.*)

Cena 14

(*A luz do plano da memória volta ao normal.*)

STÉPHANE

Ana Kharima, me diga uma coisa, você acredita mesmo nesta história?

ANA KHARIMA

Claro que acredito. Que pergunta!

STÉPHANE

Você conta com tanta fé cênica que eu poderia jurar que essa história aconteceu realmente!

ANA KHARIMA

Tem toda razão, meu caro Stéphane, para mim não existe o "como se". Isso pode ter acontecido com qualquer um. Até comigo, por exemplo!

STÉPHANE

É uma bela história, mas por enquanto você não deveria se desgastar tanto. Não precisa tanta intensidade. É só uma história. Uma história que estimula muito o imaginário, mas...

ANA KHARIMA

Porque você está me dizendo tudo isso?

STÉPHANE

Você está se emocionando demais e instaurou um clima...

ANA KHARIMA

Curioso. O que você está sentindo exatamente?

STÉPHANE

Na verdade, isso tudo me lembra alguns mecanismo cinematográficos, do gênero: aconteceu amanhã... Enfim, é isto que eu sinto.

ANA KHARIMA

Espere mais um pouco. O essencial ainda está por vir.

STÉPHANE

Não, não é isso... Eu não sei como te dizer... Em outras palavras, pra mim essa história não se desenrola no plano de uma memória passada... Ela se inscreve no plano de uma memória futura... É isso!

ANA KHARIMA

Eu não estou entendendo.

STÉPHANE

É que eu realmente não estou sabendo explicar... Não encontro a formulação... Pra mim, trata-se de uma projeção. É isso. Nesta narração tudo não passa de um problema de inconsciente, de sonho ou de pesadelo. A gente se projeta, se representa na história para melhor vivê-la, para dominá-la.

ANA KHARIMA

É possível!

STÉPHANE

Em relação à Maria, por exemplo: sua construção corresponde às grandes figuras trágicas: a gente pensa que domina o destino, mas é ele que nos impõe sua vontade. Maria pensa que colocou uma pedra no passado, silenciando todo um vilarejo... Mas o passado voltou na pessoa da menina que, atormentada, tenta se jogar nele sem desconfiar de nada...

ANA KHARIMA

Boa observação. Você é um cara sensível. Posso continuar a história?

STÉPHANE

Claro. Desculpe a empolgação.

ANA KHARIMA

Então...

Cena 15

ANA KHARIMA

Maria tomara uma sábia decisão. A partir daquela data, ela não se angustiaria mais com a época das cheias. Naquele ano sua sobrinha iria completar quinze anos, e isso merecia um grande presente. Maria havia preparado uma surpresa para a sobrinha: ela a conduziria ao caminho da verdade ou, no mínimo, ao caminho da sua verdadeira história. Maria decidiu contar tudo à menina, que lhe escutou como se já esperasse por isso e, o que é pior, como se já conhecesse a história. A menina não se surpreendeu!

Depois daquele dia fatal, a sábia Maria havia feito ouvidos moucos aos rumores de que a Estrangeira Bonita tinha sobrevivido às facadas. O boato que corria em todo o vilarejo pretendia que o corpo da Estrangeira Bonita havia sido pescado por um velho curandeiro que vivia lá onde o rio desaguava. Então, depois de juntar algumas economias, Maria alugou uma canoa e desceram correnteza abaixo, ela, a menina e o remador partiram em direção à cabana do velho curandeiro. Seguindo o fluxo das águas, um brilho de felicidade reluziu nos olhos negros da menina; um sorriso tímido e impregnado de tristeza se esboçou em seus lábios. Durante horas de viagem, a menina pacificada concentrara-se na turbulência das águas, observando com curiosidade insaciável a força da correnteza.

Enfim, chegaram ao destino. A cabana do Velho Curandeiro se encontrava a dez metros do local improvisado para desembarque. Quando a canoa acostou, Maria olhou ao redor e tentou imaginar por que milagre o corpo da Estrangeira tinha sido pescado ainda com vida num lugar tão deserto e tão longe. Maria não esperou a resposta, apenas fez o sinal da cruz, olhou o céu e iniciou uma prece em silêncio. Agradeceu à vida: a vida de sua sobrinha; a vida da Estrangeira Bonita, do Velho Curandeiro.

Da porta da cabana, o velho curandeiro já esperava por elas, como se soubesse de tudo. Silencioso, ele lhes estendeu a mão; a Maria, primeiramente e, depois, à Menina, convidando-as a entrarem. Então elas o seguiram corredor adentro, desembocando numa cozinha. Ali, ao pé do fogão a lenha, havia alguns tamboretes de couro que o Velho Curandeiro ofereceu a Maria e à Menina. Quando as duas já estavam sentadas, ele serviu uma xícara de café a Maria e, antes mesmo de se servir, começou a contar...

Cena 16:

(*Espaço dos narradores. Maria, o Velho Curandeiro e a menina.*)

VELHO CURANDEIRO

Eram cinco horas da manhã e, como todos os dias, eu já estava de pé, pronto para pegar minha canoa e me embrenhar na mata. Descer até onde rio é mais fundo e mais misterioso, até onde as águas são mais calmas, porém mais assustadoras. O dia estava bom para a pesca. Quando eu me aproximei para retirar a rede, que havia colocado na noite anterior, senti uma coisa muito estranha no ar! Não havia nenhum peixe e isso não era normal. A água estava com uma cor diferente, mas eu achei que a chuva havia assanhado a argila das margens que, sacudidas pela correnteza, avermelhavam o leito do rio. A terra por aqui é muito vermelha, como vocês puderam ver. Quando eu dei a primeira puxada, a rede estava muito pesada e eu compreendi logo que se tratava de algo muito grande e desconhecido. Foi aí que eu me abaixei e vi uma coisa imensa, parecia um balão de pano branco amarelado que inchava e formava bolas na água. Não era um peixe. Não era nenhum outro bicho. Era um corpo de mulher...

Eu notei três feridas profundas em suas costas e não tardei a compreender que se tratava de golpes de facas. Apressei-me para retirar o corpo do rio e carregá-lo até a margem. Quando chegamos à terra firme, eu verifiquei os pulsos, escutei o coração e me tranquilizei. Aquela mulher bonita ainda estava viva. Eu a coloquei na canoa e subi o rio, contra a correnteza, em direção à minha cabana. Durante três dias, a mulher permaneceu desmaiada. Eu lhe fiz vigília três dias e três noites, sem parar. Rezei para todos os santos, usei todas as raízes que eu conhecia da mata, apelando para suas virtudes secretas. Ardendo em febre, a mulher delirou três longos dias. Quando acordou, ficou imobilizada e se queixava muito de dor nas costas. Então todos os dias eu lhe preparava uma pasta verde-amarela, à base de plantas e ervas selvagens, e colocava nas feridas como um curativo. Isso a aliviava. Isso a curou. Embora eu nunca tenha lhe perguntado nada, assim que ela se sentiu melhor, ela me contou as circunstâncias reais da sua tragédia, do crime que a havia trazido até aqui.

Foi assim que ela me falou de vocês, de Maria, da Menina, de José e de Andeas. Ela não me escondeu nada. Contou-me desde a sua chegada súbita no vilarejo até a maldita tarde chuvosa em que, supostamente ela deveria morrer ou partir, assim, tão tragicamente. Sem ocultar nada, ela contou como o fato de José ter-se apaixonado por ela lhe foi salutar. Ela não era uma vadia, nem tinha a intenção de trair ninguém, contrariamente aos boatos que ecoavam nos quatro cantos do vilarejo. Ela era simplesmente uma infeliz fugindo da polícia; uma "guerrillera" foi isso que ela disse que era. Uma *guerrillera* tentando escapar da ditadura. Ela e mais três escolheram o seu vilarejo (apontando para Maria) como esconderijo. Ela, o marido e o Médico. O Médico foi quem primeiro encontrou o lugar e quem primeiro veio morar,. Ali, naquele lugar, eles estariam protegidos. Ninguém pensaria em procurar por eles ali. Naquele ano de 1968, os militares procuravam incansavelmente por eles e por muitos outros subversivos espalhados por todo o Brasil. Passado um mês da sua chegada ao vilarejo, Andreas disse a Eleanor que eles, ela e o marido, poderiam vir encontrá-lo. Eleanor tinha comprado as passagens de ônibus e tinha combinado com o marido de se encontrarem na rodoviária. Mas Luiz nunca veio. No seu lugar, apareceu um camarada que confessou baixo e rápido a Eleanor o que havia acontecido: Luiz tinha se suicidado no momento mesmo em que a polícia tinha encontrado e invadido o aparelho deles que funcionava no próprio apartamento de Luiz sem lhe deixar nenhuma chance de escapatória. Eleanor sequer teve tempo de chorar, nem mesmo de perguntar mais detalhes sobre a morte do seu marido: o camarada já havia desaparecido. À sua frente, o motor ligado, um ônibus se preparava para partir rumo ao sertão. Infelizmente, uma hora e meia depois houve uma parada. Compreendendo que se tratava de um controle da polícia militar, Eleanor conseguiu passar despercebida e chegar até o banheiro da rodoviária, de onde não mais saiu. O ônibus seguiu sem ela… Temendo pela própria vida e pela da criança que carregava no ventre, tomou um táxi de volta ao centro da cidade, comprou um carro usado e seguiu sozinha ao encontro do Médico.

(*Olhando novamente nos olhos de Maria.*) Foi assim que ela chegou à sua cidade, à sua casa. Ela já chegou grávida de dois meses. Quando José se apaixonou por ela, seguindo os conselhos do Médico, Eleanor fingiu que também estava apaixonada por José. Foi assim que a filha de Luiz se tornou a filha de José. E na espera de falsos passaportes que deveriam chegar de São Paulo e que lhes permitiriam fugir para o estrangeiro, eles tramaram toda uma intriga que deu no que deu! Naquela tarde, à beira do rio, o Médico fora anunciar a boa notícia a Eleanor: os falsos passaportes haviam chegado, com um visto para a França. Enfim eles poderiam partir. Eleanor precisava apenas voltar à casa de Maria, pegar a Menina e ir até a beira da estrada, onde um carro vermelho lhe esperava para conduzi-los até o Recife! O plano poderia ter dado certo, não fossem as más línguas dos moradores daquela cidade. A língua deles havia envenenado o espírito de José. A língua deles havia empurrado José, a alma febril, até aquela margem do rio, naquela tarde! O Médico foi embora sozinho no carro vermelho…

Eleanor só pôde ir embora um mês depois. Antes de sair por aquela porta, ela me pediu para, sempre que pudesse, ir até a casa de vocês e vigiar a menina, vigiar a saúde da menina. Eu prometi a Eleanor que faria isso sempre. Há quinze anos, então, com ou sem cheias, toda sexta-feira, a cada fim de mês, eu remo contra a correnteza e vou até perto da casa de vocês. De longe, eu observo a menina. Eu a vi crescer. Ela se desenvolvia bem. Tinha um olhar triste, mas franco. Foi um pesar imenso descobrir que a cada cheia ela ardia em febre e se lançava louca em direção do rio, para se jogar. Mas essa atitude não me pareceu estranha. Eu até achei normal. Contrariamente às pessoas da sua cidade (*apontando para Maria*), pra mim ela não é doente, nem louca. As águas do rio alteraram o destino dela e é mais do que natural que ela queira se jogar nessas águas! Cedo ou tarde, a gente sempre mergulha em busca da nossa verdadeira essência. Maria, tudo o que você fez até aqui, por essa menina, foi muito bom. Foi muito bom tê-la trazido até a minha casa. Você vai ver como ela se mostrará mais pacificada a partir de agora. Mas você precisa deixá-la ir. Não tenha medo. Não tente retê-la. Deixe-a partir em busca da verdade. Há mais verdades. Outras verdades. Muitas verdades. (*Silêncio.*)

Cena 17

(*Estúdio de Sthéphane. A luz volta ao normal.*)

STÉPHANE

E então, terminou?

ANA KHARIMA

Sim e não... Enfim, eu escrevi só até aqui.

STÉPHANE

Mas vai continuar, não vai?

ANA KHARIMA

Não sei.

STÉPHANE

Eu acho que você precisa pôr um ponto final nesta história. Isso não pode acabar assim. A mãe da menina não vai voltar?

ANA KHARIMA

Não acredito que ela volte. (*Irritada.*) Isso não é um conto de fadas.

STÉPHANE

Ei, por que isso agora? Por que você me responde assim? Se eu estou perguntando se a mãe vai voltar é simplesmente porque eu acho que isso não se faz.

ANA KHARIMA (*ainda mais irritada*)

O que é que não se faz?

STÉPHANE

Abandonar uma criança assim… e nunca mais voltar para buscá-la.

ANA KHARIMA (*num só fôlego*)

É obvio que isso se faz. Onde é que você vive? Na América Latina, durante a ditadura, esse tipo de história aconteceu em vários países. Pior do que o destino dessa menina é o destino dos HIJOS, na Argentina.

STÉPHANE

Hijos?

ANA KHARIMA

É, hijos, que quer dizer "filhos" em espanhol, mas também é a sigla de Hijos por la Identidad y la Justicia contra el Olvido y el Silencio. São jovens cujos pais desapareceram durante a ditadura e que foram adotados por militares. Eles foram adotados pelos próprios algozes de seus pais. Agora estes jovens se unem e, lançando mão de toda forma de expressão, clamam por justiça.

STÉPHANE

Isso acontece na Argentina?

ANA KHARIMA

Não tenho muita certeza, mas acho que acontece em outras partes da América Latina. Eu soube que existem Hijos no Chile também, mas digamos que na Argentina o movimento é mais expressivo.

STÉPHANE

E o que eles reivindicam?

ANA KHARIMA

Eles querem que todos aqueles que encarceraram e torturaram cidadãos e que depois se apropriaram de suas crianças sejam presos; que todas as casas de detenção lembrem e expliquem, obrigatoriamente, o que ocorreu nos seus corredores durante a ditadura; que o estado recupere os arquivos do tempo da repressão e se engaje na procura dos jovens que foram sequestrados e que até hoje não conhecem suas verdadeiras identidades.

STÉPHANE

Mas você conhece muito bem essa história.

ANA KHARIMA

Não, eu me interesso por estas questões apenas porque elas me interpelam. Às vezes, eu gostaria que minha personagem tivesse nascido na Argentina; que ela pertencesse a um movimento como este dos Hijos; que fosse menos sozinha; que tivesse uma história mais verossímil...

STÉPHANE

Então você acha que a história da sua personagem não é verossímil?

ANA KHARIMA

Não. Não é isso! Não sou eu, mas os outros. São os outros que irão julgá-la. São os outros que não a compreenderão. E por isso eu acho que ela se sente tão só. Terrivelmente só!

STÉPHANE

Mas você pode mudar isso, não pode? Basta você querer. Você pode fazer com que tua personagem nasça na Argentina ou no Chile, não pode?

ANA KHARIMA

Eu não vou fazer isso.

STÉPHANE

Por que não? Será mais trágico se ela viver no Brasil?

ANA KHARIMA

Não, não é isso...

STÉPHANE

Qual é o problema, então? A ditadura no Brasil foi mais repressiva e mais sanguinária que na Argentina?

ANA KHARIMA

Não sei. Nós não temos certeza de nada. Os arquivos foram queimados e o pouco que restou não é divulgado. A minha geração não sabe quase nada sobre a ditadura no Brasil. Contrariamente, na Argentina, mais de trinta anos se passaram depois do último golpe de estado. O balanço seria de 30.000 desaparecidos... As reivindicações, ao que parece, estão fundamentadas em cifras precisas. Basta ver a questão das Madres de la Plaza de Mayo. Muitos grupos e organizações para Defesa dos Direitos do Homem exigem que o Estado divulgue todos os arquivos e os coloque à disposição do público. Somente assim se poderá proceder a um julgamento público e proclamar a prisão perpétua de todos os torturadores e de seus cúmplices. Eles exigem também a restituição da identidade de mais de quinhentos jovens, inclusive dos Hijos, filhos adotados pelos militares e pelos seus comparsas!

STÉPHANE

Talvez, em termos de quantidade, a desgraça no Brasil tenha sido menor.

ANA KHARIMA

Não acredito. Mas voltando à história dos Hijos e tentando justificar porque eles me interessam: trata-se realmente de uma tragédia. Imagina: aqueles que eles perseguem, denunciam e querem ver atrás das grades são seus próprios pais. Quer dizer, as pessoas que criaram eles. É este aspecto dilacerante que me interpela.

STÉPHANE

Tem algo na tua história que não me convence. Na problemática dos Hijos os fatos são mais compreensíveis, coerentes, mas na tua narrativa...

ANA KHARIMA (*nervosa*)

O que tem a minha narrativa? O que não está compreensível, coerente?

STÉPHANE

Desculpe, eu me expressei mal. Não é a história em si. A história é coerente... O comportamento da mãe não me parece claro!

ANA KHARIMA

Essa é boa! Sabe, Stéphane, eu não costumo julgar minhas personagens, pelo menos até pôr um ponto final na história. Eu as deixo agir.

STÉPHANE

Não fique chateada comigo, foi só um comentário. Além do mais é apenas uma personagem. E também eu não estou julgando ninguém. Quando você pretende terminar essa história?

ANA KHARIMA

Agora. O fim será agora.

STÉPHANE

Onde?

ANA KHARIMA

Na Suíça.

STÉPHANE (*com um sorriso irônico nos lábios*)

Quando a mãe abandona a cabana do Velho Curandeiro ela se exila na Suíça?

ANA KHARIMA

Não, ela foge primeiro para Paris. Em Paris ela se casa com um Embaixador do Brasil. Um ano depois ele é nomeado na Suíça e eles vão morar em Genebra.

STÉPHANE

Quem encontra quem, primeiro?

ANA KHARIMA

É a filha quem encontra a mãe.

STÉPHANE

E você ainda acha a história dos Hijos mais trágica? Eles, pelo menos, sabem que seus pais ou estão mortos ou desaparecidos. Mas os pais, presos e torturados, não sabem o que aconteceu com seus filhos depois do cárcere.

ANA KHARIMA (*cortante e muito irritada*)

Mas Eleanor, a mãe da minha história, não podia retornar ao Brasil antes da Anistia. Ela era procurada pela polícia como comunista. Após a Instauração do AI-5, em maio de 1968, reforço do golpe militar de 64 e da censura, iniciou-se uma verdadeira caça às bruxas. Eleanor não podia pisar em solo brasileiro, sob pena de ser presa e torturada até a morte.

STÉPHANE

Ok, mas depois de tudo isso teve a Anistia geral, não teve? Foi quando, mesmo?

ANA KHARIMA

No final dos anos de 1970... mas Eleonor só foi anistiada em 85.

STÉPHANE

Pois então, nós estamos em 2001. Não, francamente, esta mãe foi muito irresponsável.

ANA KHARIMA (*levanta gritando*)

Cala a boca! Nunca mais repita isso... Eu te proíbo de julgar a MINHA MÃE!

STÉPHANE

Tua mãe? Meu Deus do céu. Que diabo de história é essa?

ANA KHARIMA

É a minha história!

(*Silêncio. Perplexo, Stéphane fixa Ana Kharima nos olhos. Blecaute.*)

Cena 18

(*Plano da realidade. Bar de Montreal.*)

STÉPHANE

Eu não sabia que se tratava da tua história. Eu não podia acreditar...

ANA KHARIMA

Você nunca acreditou nessa história. Nunca acreditou, nem acredita.

STÉPHANE

Isso não é verdade. Havia muitos pormenores nessa história, coisas que me escapavam. Havia muitas lacunas. Por exemplo: quando tua Tia Maria te levou até o velho curandeiro, você tinha quinze anos. Como você fez para viver com essa verdade atroz durante dez anos? Como você fez para encontrar o paradeiro da sua mãe? Como você chegou em Paris?

ANA KHARIMA

Quando eu completei 16 anos, uma médica que estava de passagem pelo vilarejo veio até à casa da minha tia. Ela havia conhecido o Doutor Andreas Martinez e sabia tudo sobre o meu passado. Cheia de compaixão e tocada pela minha história, ela quis me ajudar e pediu à Maria que me deixasse ir morar com ela em São Paulo, para que eu pudesse frequentar boas escolas e chegar à universidade. Essa mulher, que eu mal conhecia, me deu tudo: liberdade, conhecimento e verdade. Foi ela quem pagou um detetive para encontrar minha mãe. Foi ela também quem pagou a minha universidade em São Paulo. E foi graças a ela que eu fui morar em Paris (*Silêncio.*)

STÉPHANE

Pobre Ana Kharima. Se eu pudesse voltar no tempo eu me comportaria de outra maneira... Seria mais compreensivo com tuas angústias, com tua infelicidade.

ANA KHARIMA

Agora você chama assim: angústia, infelicidade. Naquela época, para você eu não passava de uma louca. Completamente desvairada, misturando realidade e ficção.

STÉPHANE

É que... Eu não podia acreditar como alguém que viveu uma tragédia dessas pudesse contá-la com tanta poesia... Tanto distanciamento. Sua história não era real.

ANA KHARIMA

E por isso você agiu como todo mundo, decidindo que eu estava louca. Solução cômoda. Bastou consultar um psiquiatra e... Qual era mesmo a minha doença,Stéphane?

STÉPHANE

Uma espécie de esquizofrenia...

ANA KHARIMA (*tomando a palavra de Stéphane e cortando-o com sarcasmo*)

Ah, aquela espécie que provoca deterioração mental e que se carateriza por estados de depressão e de agitação, acompanhados de confusão e imprecisão nas ideias e bla-bla-blá...

STÉPHANE

Mas não era tão simples assim. Não era uma simples depressão. Desde que eu te conhecera você só falava em sua mãe. Você tinha muito medo que ela não quisesse te encontrar, que ela não gostasse de você... Você não dormia mais!

ANA KHARIMA

E, em vez de me ajudar, você me empurrou mais ainda no buraco.

STÉPHANE

Não, Ana Kharima, não era uma simples depressão... Também teve toda aquela história de gravidez. (*Num tom triste e desarvorado.*) Você enfiou na cabeça que estava grávida. E, para completar, existiam as tais cartas que você esperava do Consulado Suíço e que nunca chegavam... Seu desespero aumentava a cada dia... Você se lembra?

Cena 19

(*Plano da memória. Retorno ao estúdio de Stéphane. Luz fraca. Muita desorganização. Ana Kharima está na cama. Stéphane retorna depois de um dia de trabalho e começa arrumar as coisas.*)

STÉPHANE

Você ficou deitada o dia todo?

ANA KHARIMA

Eu não me sinto bem... Vomitei o dia todo.

STÉPHANE

Foi alguma coisa que você comeu?

ANA KHARIMA

Não... Acho realmente que estou grávida...

STÉPHANE

Chega dessa história, Ana Kharima, você me exaspera!

ANA KHARIMA

Eu sei que você não quer ouvir, mas...

STÉPHANE

Chega, já disse! Essa história não faz sentido. Eu usei camisinha todas as vezes! Você não pode estar grávida de mim. É simplesmente impossível.

ANA KHARIMA

A camisinha pode ter partido...

STÉPHANE (*colérico*)

Eu teria visto, Ana Kharima!

ANA KHARIMA

Ok. Não se fala mais nisso! (*Silêncio*.) Agora me explique, porque a minha menstruação está atrasada?

STÉPHANE

Não, não é possível! Faz mais de um mês que você não sai desta cama. Você passa o dia inventando histórias e se atormentando com elas. Você não faz nenhum esforço para sair dessa depressão, você passa o dia todo chorando a própria desgraça, enquanto eu, eu tenho um trabalho e um concurso a prestar... Escute aqui, Ana Kharima, se você não cooperar, eu vou ter que tomar algumas decisões.

ANA KHARIMA

Eu sou um peso pra você, não sou?

STÉPHANE

Se ao menos você fizesse um esforço. Por que não retoma as suas pesquisas? Você não vai desistir do doutorado, vai?

ANA KHARIMA

Não, eu vou retomá-lo quando voltar da Suíça.

STÉPHANE

Pare, ANA KHARIMA! Eu estou tentando te ajudar, mas você não se ajuda. Você está doente, Ana Kharima.

ANA KHARIMA

Não, eu não estou doente, Stéphane.

STÉPHANE

Se você não está doente, então está gozando da minha cara. (*Impaciente.*) Quantas vezes eu preciso te dizer que você está esperando algo que não vai chegar nunca? O Consulado Suíço não vai te escrever, nem vai te telefonar e você sabe por quê? Simplesmente porque essa história que você conta não existe, ela foi inventada. Ela só existe nessa sua cabecinha!

ANA KHARIMA

Mas a Secretária do Consulado me disse que agora a coisa vai andar. A esposa do embaixador é mesmo a minha mãe e ela só está esperando a confirmação para agendar um encontro entre a gente. Um encontro face a face, Stéphane, um encontro com minha mãe!

STÉPHANE

Você é louca, Ana Kharima, completamente louca! Você inventou essa história é agora você quer que seja "a sua história". Há três meses você mora aqui. Alegando esse inquérito junto às autoridades suíças, no primeiro mês você saía todo santo dia em busca dos rastros da tua mãe. Três meses se passaram e você nunca recebeu uma só carta, um telefonema sequer! Sua mãe não existe, Ana Kharima. E sabe do que mais? No dia em que você me contou essa história, eu não pude dizer o que eu pensava de tudo isso. Mas agora eu vou dizer: se essa mulher existir, ela é tão irresponsável e tão louca quanto você!

ANA KHARIMA

Quanta maldade... Minha mãe existe e eu vou vê-la em breve. Ela apenas se perdeu de mim, mas (*Começa a chorar visivelmente perdida.*)

STÉPHANE (*cínico*)

Ok, ok. Sua mãe existe. Agora me explique, Ana Kharima, por que ela nunca contratou um detetive para te procurar, como você faz com ela, tão obsessivamente? Eu suponho que ela conheça o lugarejo onde ela te abandonou, na casa dessa alma boa, chamada... Como é mesmo o nome dela? Maria. Maria, é esse o nome. Suponho, ainda, que ela saiba da existência dessa médica que te levou para São Paulo, não?

ANA KHARIMA (*faz um sinal afirmativo com a cabeça. Os olhos cheios de lágrimas.*)

STÉPHANE

Então, meu amor, se sua mãe existe, ela não nutre os mesmos sentimentos que você. O desejo deste encontro é unilateral. Você devia deixar essa história pra lá, meu bem. Sua mãe não quer te encontrar (*Silêncio cortante.*)

ANA KHARIMA (*num acesso de histeria*)

Estúpido. Nunca mais fale da minha mãe, entendeu?

(*Cada vez mais histérica Ana Kharima se levanta e começa a chutar e derrubar coisas, lançando-as em Stéphane.*)

STÉPHANE

Pare. Pare, Ana Kharima. (*Gritando.*) Eu vou ter que chamar o médico. Você está me obrigando... Pare!

ANA KHARIMA

Chame quem você quiser.

(*Ela continua em crise. Stéphane vai ao telefone. Ana Kharima corre na frente e puxa os fios. Stéphane tira o celular do bolso. Ana Kharima pula sobre ele, tentando pegar o celular, mas consegue apenas arrancar o casaco de Stéphane. Sthéphane escapa, corre pra fora do apartamento e tranca a porta. Ana Kharima cai sobre os joelhos e abraça, desesperada, o casaco de Stéphane. Ouve-se Chiquitita mais uma vez. A luz baixa, Ana Kharima se encontra agora deitada no chão. Depois de certo tempo, Stéphane abre a porta e vem sentar-se ao lado dela. Atrás dele a porta permanece aberta.*)

STÉPHANE

As coisas vão melhorar, eu te prometo.

ANA KHARIMA

Eu tô com medo.

STÉPHANE

Não tenha medo, eu tô aqui do seu lado.

ANA KHARIMA

Tô com frio.

STÉPHANE

Venha, deite no meu colo. Eu te aqueço.

ANA KHARIMA (*deitando a cabeça nos joelhos de Stéphane*)

Não me deixe sozinha.

STÉPHANE

Eu não vou te deixar sozinha.

ANA KHARIMA

Você me ama?

STÉPHANE

Sim.

ANA KHARIMA

Eu prometo que não vou mais te importunar com estas histórias...

STÉPHANE

Você tem que descansar, meu bem. Você está muito cansada.

ANA KHARIMA

Eu quero ser feliz com você...

STÉPHANE

Não pense nisso agora. Descanse.

ANA KHARIMA

Você está zangado comigo?

(*Antes de Stéphane responder, um médico e dois enfermeiros aparecem na porta entreaberta.*)

MÉDICO

Stéphane Berthaud?

STÉPHANE

Sim, sou eu. Entrem, por favor!

(*Ana Kharima vendo os homens de branco, compreende logo a situação e pula do colo de Stéphane. Sthéphane não consegue segurá-la e ela foge em direção ao banheiro. Um enfermeiro mais rápido e mais ágil a alcança, derruba-a no chão e a imobiliza. O outro enfermeiro aplicá-lhe uma injeção. Stéphane faz um sinal para que eles a levem. Quando Ana Kharima passa diante de Stéphane, ele permanece imóvel e indiferente ao seu olhar. Uma vez mais ouve-se Chiquittita. A luz vai caindo aos poucos.*)

Cena 20

(*Plano da realidade, bistrô de Montreal. Stéphane está com o rosto entre as mãos.*)

STÉPHANE

Você me perdoa?

ANA KHARIMA

Nem penso mais nisso!

STÉPHANE

Você precisa me perdoar.

ANA KHARIMA

Tudo isso já passou, ficou pra trás. Eu já te perdoei há muito tempo, Stéphane.

STÉPHANE

Quando os enfermeiros te levaram eu fiquei muito mal. Foi como se eu tivesse ajudado a levar um animal ao abatedouro. Eu fique muito tempo em pé, imóvel. Não tive nem coragem de ir fechar a porta. Por volta da meia-noite, a vizinha da frente chegou e, vendo a porta aberta e o apartamento escuro, ela entrou. Ela perguntou por você e aí eu desabei. Comecei a chorar desesperadamente. Por que eu havia chamado os médicos? Por que eu havia deixado eles te levarem? A vizinha tentou me consolar, mas quando ela foi embora meu desespero aumentou. Eu tentava arrumar o apartamento, fazer pequenas coisas, mas nada me acalmava. Eu não preguei o olho a noite toda. O remorso me corroía. Eu me dizia que mesmo se você tivesse inventado toda essa história, eu não tinha o direito de me comportar assim. Passavam-se os dias e eu continuava insone. Eu não cabia mais no meu apartamento. O médico que te internou havia me aconselhado a não ir te visitar, argumentando que isso não seria bom para o tratamento. No quinto dia do seu internamento, o telefone tocou: Era do Consulado do Brasil na Suíça. Era uma senhora que se dizia responsável pelo Dossiê de Ana Kharima Gonzáles. Sua especialidade consistia em reencontrar desaparecidos, vítimas de perseguições políticas na América Latina. Ela disse que sua "cliente", a pessoa que você estava procurando, havia aceitado te encontrar. O encontro estava marcado em Genebra, no Relais Bristol, número 10, rua do Mont Blanc, num domingo às dezessete horas. Ela me fez jurar que eu te daria o recado.

ANA KHARIMA

E eu tinha esperado tanto por esse momento. Essa espera me enloqueceu!

STÉPHANE

Mas mesmo depois deste telefonema, eu ainda continuei duvidando das coisas. Então eu pensei muito e decidi que, já que você estava internada e que eu não deveria atrapalhar o tratamento, eu mesmo iria a este encontro. Eu mesmo iria falar com tua mãe. Naquela mesma noite eu peguei o trem para Genebra. Durante dois dias perambulei pela cidade pensando no que iria dizer à tua mãe, pensando em você, sozinha e triste num quarto de hospital. No dia do encontro, na hora marcada, eu entrei no Bar. Ela estava lá!

Cena 21

(O plano da memória se ilumina e mostra um café suíço. Uma garçonete está atrás do balcão e uma mulher muito elegante e bonita está sentada numa mesa, tomando uma taça de chá e lendo jornal. Os dois planos vão dialogar. Stéphane conta o encontro com a mãe de Ana Kharima e seu duplo, no plano da memória, age seguindo indicações dos personagens do plano da realidade.)

ANA KHARIMA

Você esteve com minha mãe? Você a viu?

STÉPHANE

Vi e ela era tão bonita quanto você: os mesmos cabelos negros, os mesmos gestos elegantes, distintos. E o olhar, o olhar era tão triste quanto o seu. É impressionante a semelhança!

ANA KHARIMA

Você falou com ela?

STÉPHANE

Não. Quando eu a avistei no fundo do bar, absorta, lendo o seu jornal, eu a reconheci imediatamente: era a famosa escritora colombiana, Eleanor Moreno. Eu jamais imaginaria que aquela mulher fosse sua mãe, porque na tua história ela se chamava Gonzales Dias, como você. Também a mulher da embaixada havia me falado de Eleanor Bourbon, o nome do marido, sem dúvida. E para minha surpresa eu estava diante da minha autora preferida. Eu não acreditava nos meus olhos! Eu fiquei ali, paralisado, em estado de estupor. Eu havia lido toda a sua obra e estava esperando o próximo livro. Tudo isso, sua história, eu e sua mãe ali, uma escritora famosa, era demais. Eu não sabia mais o que fazer. Eu não conseguia organizar meus pensamentos. Eu tremia muito e só consegui pedir um uísque.

ANA KHARIMA

Você não falou com ela?

STÉPHANE

Na segunda dose eu tomei coragem e fui até o banheiro. Lavei o rosto e voltei... e me aproximei da sua mesa. Eu disse a ela o quanto eu gostava de seus livros e perguntei se ela estava esperando alguém. Ela fez que sim com a cabeça. Então eu perguntei se era importante. Ela apenas me olhou, com um olhar tão negro e severo quanto o teu. Após alguns instantes de mal estar, ela abaixou novamente a vista e continuou a ler o jornal. Foi então que, sem nenhuma explicação, eu comecei a me revoltar... Mas ela me ignorava. Eu gritei: não adianta esperar, porque ela não virá! Ela não virá, porque ela está muito doente. Eleanor Moreno me olhou novamente e me questionou: afinal, o que o senhor quer? De quem o senhor está falando? Eu respondi num tom ainda mais revoltado: de sua filha. Estou falando de sua filha. Sua filha está doente!

ANA KHARIMA

Não... Por que você disse isso?

STÉPHANE

Eu disse. Saiu. Depois eu fugi correndo. Quando eu já me encontrava do outro lado da calçada e olhei para trás eu a vi atrás das vidraças do bar. Ela tinha se levantado e tinha tentado me alcançar. Talvez ela pensasse que eu era quem devia estar doente e que tinha inventado toda essa história para me aproximar dela. Problema dela. Continuei meu caminho. Tudo o que eu queria agora era voltar a Paris, te tirar daquele hospital e te levar pra casa comigo.

Cena 22

(*A luz baixa no plano da memória e sobe no plano da realidade.*)

ANA KHARIMA

Você esteve no hospital? Quando?

STÉPHANE

Um dia depois que você fugiu. O psiquiatra até pensou que tivesse sido eu. Ele me disse que alguém tinha te ajudado a fugir, pois sozinha você não teria conseguido escapar. Havia já todo um inquérito administrativo para encontrar e punir o responsável. Confesso que essa parte não me interessou. Saí do hospital, peguei meu carro e rodei sem destino. Parei num pequeno vilarejo. Me deitei na grama e chorei como uma criança. Eu estava doente. Muito doente. Eu adoeci de tanto mal que te fiz. Eu adoeci da tua ausência. A partir dali eu dediquei cada dia da minha vida a te procurar. Mas eu não sabia nada de você. Não conhecia seus amigos... Então eu fui primeiro ao banco: lá, me disseram que você tinha encerrado sua conta e que eles não poderiam fornecer mais nenhuma informação. Na universidade, seu orientador me disse que você lhe havia enviado uma carta, apenas, dizendo da necessidade de fazer uma grande viagem, para resolver problemas familiares, e que por essa razão estava trancando o doutorado.

Eu consegui localizar sua tia Maria. Eu até lhe escrevi uma carta. Ela me respondeu dizendo que há 16 anos você tinha ido embora, em busca do seu destino, e que há dez anos, exatamente, você não mandava notícias, mas que ela confiava muito em você e se você não escrevia, era porque tudo corria bem. Quando eu li essa carta eu senti uma grande admiração por aquela mulher. Como eu gostaria que fossem minhas, aquelas palavras. Como eu gostaria de ter confiado em você assim, daquele jeito. Eu teria dado a minha vida para agir como aquela mulher! Um ano depois, eu passei no concurso de professor universitário e me mudei para Grenoble. Parei com as buscas, mas não te esqueci! Ultimamente eu falava pra mim mesmo que eu precisava te esquecer. Que eu precisava refazer minha vida!

ANA KHARIMA

E, exatamente neste momento, você me encontra, por acaso, num outro continente. A vida é muito estranha!

STÉPHANE

Muito estranha.

ANA KHARIMA

Eu até que agradeço a gente só ter se encontrado agora... Porque somente agora eu me sinto preparada para falar com você. Se a gente tivesse se encontrado antes, eu não teria conseguido... Eu ainda tinha muito ódio dentro de mim.

STÉPHANE

Para onde foi todo esse ódio, então?

(*Quando Ana Kharima vai responder, a garçonete se aproxima e começa a colocar as cadeiras sobre a mesa do lado. O bar está se preparando para fechar definitivamente*).

A GARÇONETE

Desculpa, mas...

STÉPHANE (*Apontando a garrafa de cerveja*)

A gente pode pedir só a saideira?

A GARÇONETE

A saideira.

STÉPHANE

Obrigado.

ANA KHARIMA

Sabe Stéphane, quando eu estava no hospital, eu escrevia compulsivamente. No terceiro dia da minha internação, uma enfermeira muito curiosa perguntou-me se podia ler os meus escritos. Eu disse que sim, e ela achou fantástico e quis saber se aquilo tinha realmente acontecido. Eu devolvi a pergunta, indagando-a se ela achava aquela história verossímil. Ela me disse que sim, que era uma história absolutamente verossímil! Foi aí que eu contei toda a verdade para ela. Falei de você, da minha mãe que estava me esperando, em vão, na Suíça. Ela me propôs ajuda. Eu então sugeri que telefonássemos para a Embaixada do Brasil em Genebra. Fomos até a sala da administração e ela ligou. Repassaram a ligação para um advogado que nos informou que a Embaixada já havia ligado para Ana Kharima Gonzáles Dias e agendado um encontro com Eleonor Moreno. Aquele telefonema a deixara perplexa, pois, segundo ela, minha mãe estava me esperando no Relais Bristol em Genebra às cinco horas da tarde. Ela concluiu a conversa fornecendo o endereço da minha mãe. Quando a enfermeira desligou o telefone eu estava em prantos. E, me vendo naquele estado, ela me propôs escrever uma carta para minha mãe, explicando a situação e pedindo um novo encontro. Ela postou a carta pra mim.

STÉPHANE

E você escreveu o que para sua mãe?

ANA KHARIMA

Na carta eu pedia desculpas e explicava o meu estado de saúde. Mencionei uma bronquite crônica. Fiquei com vergonha de dizer que estava internada num hospital psiquiátrico.

STÉPHANE

E ela respondeu?

ANA KHARIMA

Respondeu e parecia saber sobre o meu estado de saúde. Eu até estranhei, mas não dei muita importância ao fato. Eu me lembro muito bem do dia em que a enfermeira veio me contar a novidade: foi numa quarta feira, numa manhã ensolarada. Ela veio toda sorridente, com um grande envelope aberto. Eu já sabia o que era: a resposta! Minha mãe estava marcando um outro encontro, no mesmo lugar, na mesma hora, num domingo também. Finalmente eu iria me encontrar com minha mãe. Abracei a enfermeira, de tanta felicidade. Naquela mesma noite eu fugia do hospital, na mala do carro dela. É incrível como eu tenho sorte na vida. Eu sempre recebo ajuda de desconhecidos.

STÉPHANE

Você foi à Suíça? Você falou com sua mãe?

ANA KHARIMA

Fui. Eu vi a minha mãe, mas...

Cena 23

(Retorno ao bistrô suiço, tão elegante e deserto quanto na cena 21. No balcão, a mesma Garçonete. Eleanor Moreno toma um chá enquanto lê o jornal. Uma jovem moça, o duplo de Ana Kharima, entra e vai até o balcão.)

GARÇONETE

Quer alguma coisa?

ANA KHARIMA

Um café, por favor.

(A Garçonete serve o café. Ana Kharima pega a xícara e se dirige até a mesa de Eleanor, mas desiste no caminho. A luz sobe no plano da realidade. A Ana Kharima do plano da realidade se levanta e fala à Ana Kharima do plano da memória. As duas iniciam um diálogo.)

ANA KHARIMA *(do plano da realidade)*

Você esperou muito por este momento, não foi, Ana Kharima?

(O duplo faz que sim com a cabeça.)

ANA KHARIMA *(do plano da realidade)*

Mais que tudo no mundo, não foi?

(O duplo faz que sim com a cabeça.)

ANA KHARIMA *(do plano da realidade)*

E agora você está se perguntando se vale mesmo a pena conhecê-la, não é? Você viu os jornais? Só falam do próximo romance de Eleanor Moreno... A história gira em torno de uma mãe e de uma filha tragicamente separadas pela ditadura militar. O cenário é o Brasil. Nele, mãe e filha se reencontram trinta anos depois.

(Ana Kharima, do plano da ficção, tenta dar mais um passo em direcão da mesa onde sua mãe está sentada.)

ANA KHARIMA *(do plano da realidade)*

–Você não está conseguindo, não é mesmo?

(Mesmo gesto com a cabeça.)

ANA KHARIMA (*do plano da realidade*)

Então não vá, minha flor. Olhe pra ela: esse ar aristocrático, bem repousado e elegante; esse jornal... Sua postura mostra um grande desapego. Uma grande tranquilidade. Não há no rosto dela nenhuma sombra de ansiedade ou de angústia. Parece até que ela está à espera de uma personagem. Aliás, preste atenção: ela está tomando nota de tudo. Ela nem sequer olha ao redor. Você diria que essa mulher espera uma filha que ela abandonou trinta anos atrás?

(*Ao ouvir esta pergunta, o duplo da ficção reage estupefato. Ela avança até o plano da realidade. As duas Ana Kharima ficam face a face.*)

ANA KHARIMA (*do plano da realidade*)

Sim. Você ouviu muito bem o que eu disse. ABANDONOU... Não chores, Ana Kharima. Você precisa parar de chorar toda vez que a gente te diz a verdade. Olhe pra você! Suas olheiras, meu Deus! Você está muito magra. Agora olhe para sua mãe. Ela é bonita. Parece ter uma vida boa, não? Talvez viva num palácio dourado, ao lado do marido embaixador. E você passou todos esses anos vagando no inferno, procurando por ela. O espírito atormentado noite e dia, sem um minuto sequer de trégua. Por causa dela, te trataram como louca, te internaram! E ela? Por que será que ela nunca veio até você, hein, Ana Kharima? Faz muito tempo que ela foi anistiada. Ela sabia como te encontrar. Ela conhecia Elisa Martinez. Não vá! Venha!

(*Ouve-se a voz de Stéphane.*)

STÉPHANE

É uma irresponsável!

ANA KHARIMA (*do plano da memória*)

Então, Stéphane tinha razão?

ANA KHARIMA (*do plano da realidade*)

Você também vai precisar esquecer esse Stéphane, meu amor.

(*O duplo da ficção cai em prantos.*)

ANA KHARIMA (*do plano da realidade*)

Não sofra tanto, minha querida. Te ver nesse estado me parte o coração. Vamos, enxugue essas lágrimas, você precisa ir, agora.

ANA KHARIMA (*do plano da memória*)

E se eu for lá e falar com ela, o que vai acontecer depois?

ANA KHARIMA (*do plano da realidade*)

Ela fará de mim a personagem do seu próximo romance. O mundo conhecerá minha história e ela ficará mais rica do que já é.

ANA KHARIMA (*do plano da memória*)

É isso que vai acontecer.

ANA KHARIMA (*do plano da realidade*)

Vocês nunca serão grandes amigas. Ela te esqueceu Ana Kharima! A *guerrillera* de outrora te esqueceu!

ANA KHARIMA (*do plano da memória*)

É sempre assim, os humanistas amam demais a humanidade, mas são incapazes de amar o ser humano que se encontra ao lado deles.

ANA KHARIMA (*do plano da realidade*)

De onde foi que você tirou esse clichê? Ouça minha flor: que você não queira falar com ela, eu compreendo, mas daí a querer julgá-la! Se você não quer mais ir vê-la, vá embora agora! Mas sem rancor. Agora, se você está com dúvidas, volte lá e fale com ela!

(Neste momento a mãe cansada de esperar, abandona o jornal, olha o relógio e vai embora. Ainda na sua indecisão, Ana Kharima do plano da ficção vai ocupar a cadeira onde a mãe estava sentada. A luz do café suíço declina aos poucos.. Quando o plano da memória se apaga completamente, a Ana Kharima do plano da realidade fala olhando a Garconete.)

Cena 24

(Plano da realidade.)

ANA KHARIMA

Eu não falei com ela. (*Triste.*) Eu não falei com a minha mãe. Eu não sabia mais o que fazer da minha vida. Nada mais fazia sentido pra mim! Fiquei trancada no quarto do hotel, durante três dias e três noites... Deitada, os olhos pregados no teto, no vazio. No quarto dia, tomei coragem e, com muito esforço, consegui ir ao banco. Já nem sabia mais como andava minha situação financeira. E foi aí que eu soube da grande novidade: Elisa Martinez, a médica que me levara à São Paulo, havia morrido e eu era sua única herdeira. Boa e má surpresa. Uma outra perda. Eu não estava rica, mas eu tinha meios de partir para bem longe. O mais longe possível de Paris. Então eu vim morar no Québec...

STÉPHANE

E... Você não pensou em ir me ver?

ANA KHARIMA

Pensei! Quando eu desci do trem, antes de me decidir pelo hotel, eu fui até o Ménilmontant, lá na rua Boyer... Parei diante do número 10 e fiquei olhando. Não tive coragem de subir.

STÉPHANE

Eu havia te ferido muito, não é?

ANA KHARIMA

Não foi isso. Eu não tinha medo do passado e sim do futuro.

STÉPHANE

Do futuro?

ANA KHARIMA

É. Quando eu estava internada no hospital, durante três noites seguidas eu tive um mesmo pesadelo. Eu sonhei que você tinha reatado com sua mulher e que vocês viviam muito felizes. Vocês e mais dois filhos. Ela havia tido um outro filho seu. Mas você não havia me dito nada, porque pretendia manter as duas relações. Eu me encontrava no Brasil para fazer uma pesquisa de campo e você veio me encontrar alguns dias depois. Eu tinha preparado uma grande surpresa pra você: num carro alugado nós viajaríamos até a cidadezinha onde eu nasci. Era como se fosse um presente que eu te daria: um pouco da minha verdadeira história. (*Silêncio.*)

Mas as coisas não aconteceram exatamente como eu tinha planejado. Na estrada eu te dizia que estava grávida e você, inconformado com a desagradável novidade, tentava me matar... Você fugia e abandonava meu corpo na beira de uma estrada deserta. Antes de o sol nascer, porém, eu acordava desmemoriada, na casa de uma senhora muito generosa. Essa mulher cuidava de mim e me ajudava a recuperar a memória. Como eu estava triste, neste pesadelo! Eu acordei com a real sensação de ter vivido tudo aquilo. Uma eternidade. E eu sentia muito medo de você, de te reencontrar. Então, quando eu voltei à rua Boyer, esse pesadelo me veio novamente à memória, mais vivo do que antes. E aí eu decidi não subir.

STÉPHANE

Que loucura. Ainda bem que foi só um pesadelo e...

(*Antes que ele conclua, a Garçonete volta.*)

GARÇONETE

Sinto muito, mas...

ANA KHARIMA

Claro. Desculpa. Quanto é?

GARÇONETE

Vinte e cinco dólares.

ANA KHARIMA

Aqui.

GARÇONETE

Muito obrigada.

ANA KHARIMA (*ela levanta e coloca o sobretudo*)

Vamos?

STÉPHANE (*fazendo o mesmo*)

Vamos!

STÉPHANE

Posso te perguntar uma coisa?

ANA KHARIMA

Pode.

STÉPHANE

Você está namorando alguém?

ANA KHARIMA

Estou, mas eu não gostaria de falar disso... Quando é que você retorna a Paris?

STÉPHANE

Depois de manhã.

(*Esses últimos diálogos ocorrem com eles saindo do palco pela plateia. Atrás deles a Garçonete limpa e arruma mesas e cadeiras. A luz cai, a canção* Chiquitita, *retoma.*)

FIM

Na Outra Margem

Personagens por ordem de entrada:

UMA MOÇA
A ENFERMEIRA
O MÉDICO
O PAI
A MÃE
O NAMORADO
UMA OUTRA MOÇA

Cenário

Um quarto de Hospital – UTI, precisamente. Uma Moça se encontra num leito, gravemente ferida. O Cenário nunca muda e os personagens masculinos e femininos que vêm ter com a Moça serão representados pelos mesmos atores e atrizes. Recomenda-se que a troca de personagens seja marcada apenas pela troca do figurino, perucas e outros adereços que ficarão pendurados num cabide posto discretamente na entrada da cena. Um *adagio* dilacerante, posto que demasiadamente humano, composto especialmente para esta peça pontuará a ação do início ao fim. O compasso e a intensidade deste *adagio* acompanharão os estados d'alma da protagonista.

FIGURA 1 Atores: Dinah Pereira, Manhã Ortiz, Bernardo Del Rey. Foto: Alessandra Nohvais.

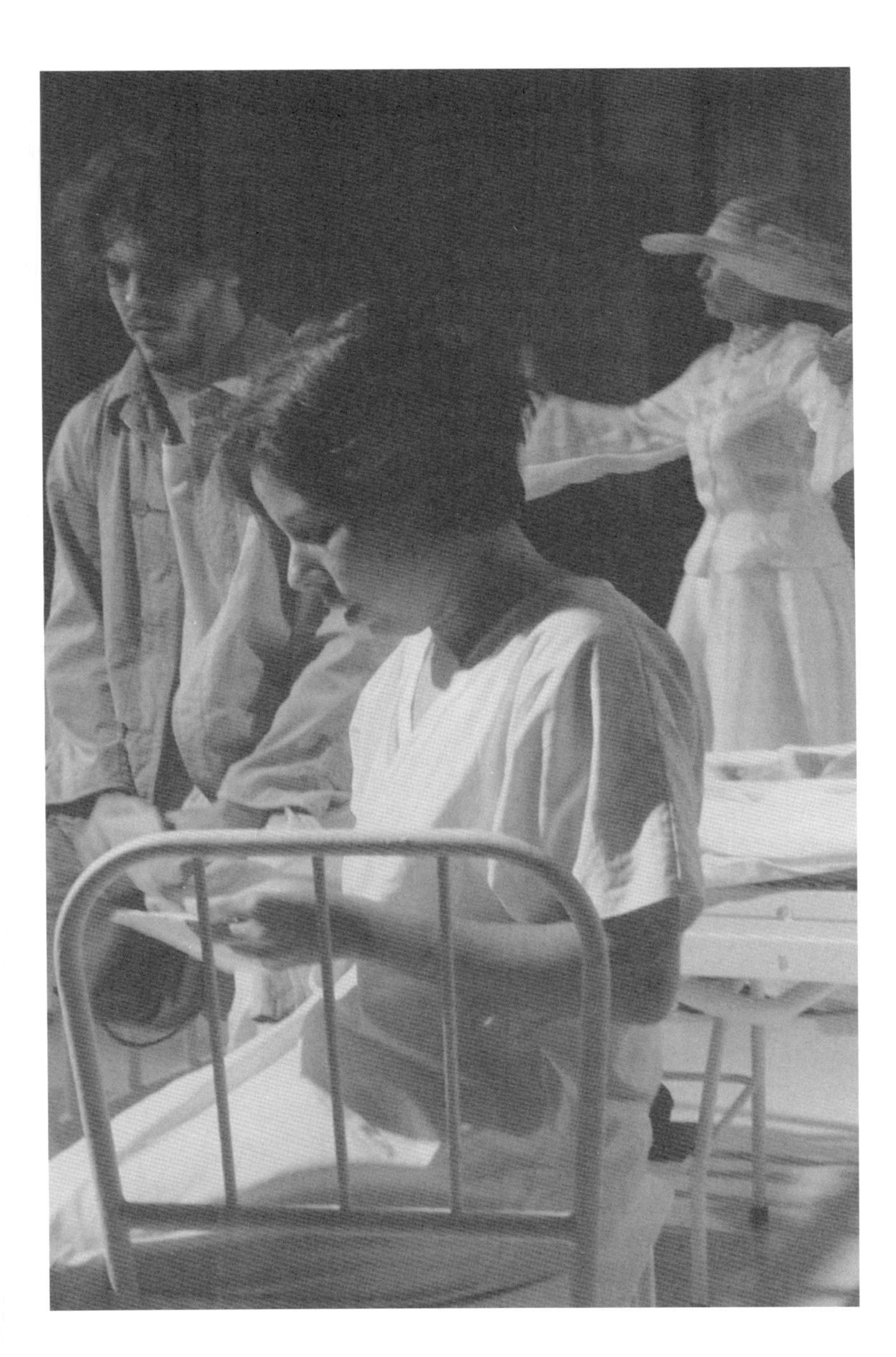

Cena 1
A Enfermeira

(*Ouve-se o* adagio. *Uma mulher entra e dirige-se até o cabide, põe um jaleco branco, uma peruca loura curta, um pequeno chapéu de enfermeira. Quando termina a caracterização ela se dirige até a cama, onde a Moça esta deitada.*)

A MOÇA (*num sobressalto*)
Eu estou morta?

A ENFERMEIRA
Isso não tem nenhuma importância agora, nenhuma...

A MOÇA
Eu estou com muita dor... Eu não aguento mais!

A ENFERMEIRA
O Doutor já vai chegar e eu vejo com ele se posso aumentar a dose.

A MOÇA (*impaciente*)
Você não pode fazer isso sem ele? Por favor!

A ENFERMEIRA

Não. Sinto muito, mas eu não tenho autorização.

A MOÇA

À que horas o médico chega?

A ENFERMEIRA

Às dez horas.

A MOÇA

Que horas são?

A ENFERMEIRA

Nove e meia. Não vai demorar muito.

A MOÇA

O que é que eu tenho? Porque é que eu sinto tanta dor?

A ENFERMEIRA

Você fraturou a coluna em dois lugares diferentes. Na noite mesma do acidente fizemos uma primeira cirurgia. Infelizmente, você vai precisar fazer outra intervenção. Estamos só esperando que você se recupere um pouco mais, retome um pouco mais de força para lhe operar novamente. Será dentro de uma semana. É o que esperamos.

A MOÇA

Eu vou poder andar novamente?

A ENFERMEIRA

Tudo indica. Após algumas sessões de fisioterapia, as coisas vão melhorar!

A MOÇA

Como foi esse acidente? Onde aconteceu?

A ENFERMEIRA

No túnel Louis Hyppolite Lafontaine. Na noite em que você estava saindo da Ilha de Montreal, um caminhão lhe ultrapassou pela direita e assustada você perdeu o controle do carro e... e...

A MOÇA

E o que mais?

A ENFERMEIRA

Você também tinha bebido um pouco. Um pouco... Os exames acusaram uma taxa de álcool um pouco elevada.

A MOÇA

Como eu cheguei aqui?

A ENFERMEIRA

Muito mal. Totalmente inconsciente! Você gostaria de avisar alguém da sua família? Algum amigo, aqui ou no estrangeiro?

A MOÇA

Não.

A ENFERMEIRA

Você não quer ou você não tem ninguém?

A MOÇA

Eu respondi não e isso deve bastar!

A ENFERMEIRA

Ok, eu compreendi. Desculpe-me.

(Um homem entra, aliviando um pouco o clima de tensão, põe o jaleco no cabide, pega o estetoscópio. É o Médico. Caminha até o lado esquerdo da cama.)

Cena 2
O Médico

O MÉDICO

E então, as coisas não vão muito bem, não é?

A MOÇA

Não. Eu estou com muita dor.

A ENFERMEIRA

Ela estava me pedindo para aumentar a dose. Estávamos só esperando o Senhor.

O MÉDICO

Pode aumentar.

A ENFERMEIRA

Vou buscar então. (*Estendendo a mão.*) As chaves do laboratório, por favor!

O MÉDICO (*dando-lhe as chaves.*)

Aqui.

(*A Enfermeira sai. Toda esta cena se passa numa atmosfera de sonho ou pesadelo. O Médico é surreal e, em virtude da dor atroz, o tom da Moça é disparado.*)

A MOÇA

Obrigada. É para quando minha próxima operação?

O MÉDICO

Em uma semana, se tudo correr bem. Isso dependerá muito do seu estado. Ficaremos observando.

A MOÇA

É uma cirurgia de risco?

O MÉDICO

Será uma operação delicada.

A MOÇA

Eu posso morrer?

O MÉDICO

Não pense nisso. Você gosta da vida? Da sua vida?

A MOÇA

Por que me pergunta?

O MÉDICO

Você é jovem e a vontade de viver conta muito nesses casos. Nesses anos de profissão, vi muitos pacientes desenganados ressuscitarem porque amavam a vida!

A MOÇA

Mas eu não estou desenganada, estou?

O MÉDICO

Uma razão a mais para não se deixar morrer.

A MOÇA

Não sei se gosto da vida, da minha vida. Sei que não quero morrer. Não agora!

O MÉDICO

Se você tivesse que fazer um pedido, um último pedido, qual seria?

A MOÇA

Não sei. É uma questão à queima-roupa.

O MÉDICO

Eu aposto que você pediria para viver!

A MOÇA

Você tem razão, eu pediria para viver. Mas eu quereria viver uma outra vida. Não a minha. Não esta vida.

o médico

Não estou entendendo!

A MOÇA

Quero uma vida mais pacificada, sem tanto sofrimento. Estou cansada desse espírito incessantemente atormentado. Muito cansada de procurar a felicidade sem nunca encontrá-la!

O MÉDICO

Talvez não esteja procurando nos lugares certos?

(A *Enfermeira reaparece na porta*.)

O MÉDICO

Muito bem, eis a morfina. Em alguns segundos não terá dor alguma. Agora eu preciso ir. Tenho outros pacientes para visitar. Repouse. Você precisa muito. E, sobretudo, pense positivamente!

A MOÇA

Obrigada por tudo, Doutor.

(*Ouve-se o adagio. A Enfermeira devolve as chaves ao Médico. Quando este último sai, ela começa a preparar a dose de morfina. Levanta o lençol da Moça, descobrindo sua perna esquerda. Ela aplica-lhe a morfina um pouco abaixo do joelho.*)

Cena 3
A Morfina

A ENFERMEIRA (*retirando a seringa*)

Pronto você já está mais aliviada.

A MOÇA

É, eu me sinto melhor.

A ENFERMEIRA

Depois desta dose, suas dores desaparecerão por completo.

A MOÇA (*Em um tom absolutamente sereno e entusiasta, em contraste com a tensão e o sofrimento que marcava as cenas anteriores*)

Oh, obrigada! Oh, como você é gentil.

A ENFERMEIRA

De nada. Você quer mais alguma coisa?

A MOÇA

Água, eu quero água.

(*A enfermeira traz duas garrafinhas de água. Dá-lhe uma e pousa a outra no apoio, ao lado da cama.*)

A MOÇA

Eu posso morrer, não é?

A ENFERMEIRA

Todos nós podemos morrer, a qualquer momento. Tente pensar em outra coisa!

A MOÇA

Eu li muitos livros sobre a vida após a morte. Alguns doentes em fase terminal falam de uma presença, de um sentimento de paz e segurança. Muitos dizem até que há alguém do outro lado, esperando por eles. Trata-se quase sempre de um parente que já morreu: uma mãe, uma irmã... Mas eu... Não sinto, nem pressinto nada. Não há nenhuma outra presença nesse quarto, além da minha, da sua. Se não tive ninguém nesta vida, quem me esperará do outro lado? E como é que eu vou reconhecer?

A ENFERMEIRA

Você não teve família?

A MOÇA

Tive, mas não era minha família verdadeira.

A ENFERMEIRA

Como assim?

A MOÇA

Meu pai não era meu pai. Minha mãe era minha tia, mas na verdade ela não era nem uma coisa, nem outra.

A ENFERMEIRA

Nossa, que confusão. Simplificando, você foi adotada?

A MOÇA

Não.

A ENFERMEIRA

Então eu realmente não estou compreendendo.

A MOÇA

É uma história muito complicada. Longa. Difícil de contar.

A ENFERMEIRA

Mas a família que criou você, lhe tratava como filha?

A MOÇA

Sim. Sobretudo, minha tia. Minha doce tia Maria. Querendo me preservar, ela me escondeu tanta coisa...

A ENFERMEIRA

Ela amava você?

A MOÇA

Muito. Quanto a isso, não tenho do que me queixar... Mas eu sempre me senti como uma estranha naquela família. Minha tia sabia de tudo o que acontecia comigo, em silêncio. Eu cresci na angústia e no desespero. Passavam-se os dias, as semanas, os meses e os anos, e eu alimentava um único sonho: conhecer minhas origens!

A ENFERMEIRA

E você chegou a conhecer seus pais verdadeiros?

A MOÇA

Eu vi apenas a minha mãe, porque meu pai tinha morrido antes de eu nascer.

A ENFERMEIRA

Ele morreu como?

A MOÇA

Ele se matou... Para não ser preso e torturado pelos militares. Foi em 1968. (*Confusa e meio cansada.*) Guerrilha, ditadura. Meu país.

A ENFERMEIRA

Ah, estou começando a compreender. Sua mãe sobreviveu?

A MOÇA

Sobreviveu. Apesar das dificuldades e de todas as peripécias, ela conseguiu escapar... Mas não me levou com ela. (*Silêncio. Num tom melancólico.*) Ela foi embora sozinha e eu fiquei lá... Sem entender nada.

A ENFERMEIRA

Mas ela voltou, não foi?

(*A Moça não responde. Silêncio constrangedor.*)

A ENFERMEIRA

Você não disse que conheceu sua mãe? Então ela voltou.

A MOÇA

Agora, você já pode ir embora. Estou muito cansada.

A ENFERMEIRA

Você quer dormir um pouco, não é?

A MOÇA

É.

A ENFERMEIRA

Tá bem. Até mais.

A MOÇA (*para a Enfermeira que se encontra ainda na porta de saída*)
Eu posso cantar?

A ENFERMEIRA
Está com vontade de cantar?

A MOÇA
Muito.

A ENFERMEIRA
Pode, mas não cante muito alto, para não incomodar os outros pacientes.

A MOÇA
Eu cantarei baixinho...

A ENFERMEIRA
Posso saber o que vai cantar?

A MOÇA
Quando eu era criança, todo dia às seis horas da tarde, minha tia gostava de ouvir a Ave Maria de Gounod, na Rádio. Para agradar minha tia, eu aprendi a cantar. E toda vez que ela ficava triste ou silenciosa, eu cantava a Ave Maria. Ela adorava e o sorriso lhe retornava aos lábios imediatamente. Ela ficava tão encantada. Parecia uma criança! Esta noite, esta canção não me sai do espírito.

A ENFERMEIRA
É uma bonita versão da Ave Maria, muito bonita.

(*A Enfermeira vai embora. A luz cai aos poucos. Ouve-se a* Ave Maria *de Gounod ao piano, mas sem voz. Alguns instantes na penumbra e blecaute.*
Um outro plano se ilumina. Três médicos e uma enfermeira com máscaras e instrumentos cirúrgicos, em volta da mesma cama. Eles agem

concentrados como se estivessem procedendo a uma operação. Ouve-se o adagio adagissimo. *Este plano dura pouco tempo iluminado. Outro blecaute.*)

Cena 4
O Pai

(*O* adagio adagissimo *vai baixando aos poucos. A luz sobe. O mesmo ator que interpreta o médico entra novamente no quarto, vai até o cabide, pendura o jaleco. Pega um pequeno e elegante chapéu e fica parado, de costas, por certo tempo.* O adagio *torna se* piano *depois* pianissimo.)

A MOÇA

Doutor, é você?

O PAI

Não minha criança, não é o médico. Sou eu… Seu pai.

A MOÇA

Como?

O PAI

Não pode me reconhecer, já que nunca me conheceu. Mas eu me lembro muito bem de você, dos seus traços. Que felicidade poder lhe falar. Pensei que este dia nunca fosse chegar!

(O adagio *para enfim*.)

A MOÇA

Então eu estou morta?

O PAI

Não. Por que pensa que está morta?

A MOÇA

Porque você não está vivo.

O PAI

É verdade, mas isso não me impede de estar aqui, ao seu lado. Curioso, não?

A MOÇA

Como foi a sua morte? Toda vez que eu quis saber as verdadeiras circunstâncias da sua morte, me responderam por metáforas, quando não silenciavam.

O PAI

Acho que lhe contaram o essencial. É bem verdade que resumiram muito a história, mas lhe disseram o que era necessário dizer... Enfim, meu aparelho caiu e...

A MOÇA

Seu aparelho?

O PAI (*orgulhoso e professoral*)

É assim que chamávamos as organizações clandestinas que atuavam contra a ditadura e a favor da justiça e igualdade de direitos em toda a América Latina. O resto você bem sabe: eu e sua mãe colombiana estávamos em missão no Brasil quando... Éramos bravos *guerilleros*. Você precisava nos ver atuando! Ah, você teria tido muito orgulho da gente! (*Silêncio... E num tom de lamento*) Os militares descobriram o nosso esconderijo. O lugar onde nos reuníamos e organizávamos nossas estratégias de combate. Que falta de sorte, o aparelho funcionava no meu apartamento. Fazíamos um belíssimo trabalho.

A MOÇA (*com voz seca*)

Por que você acha que eu teria tido orgulho de vocês? Fale por você e pela minha mãe, porque essa história nunca me fez rir.

O PAI (*esboçando um sorriso no canto dos lábios*)

Eu bem sei. Eu falei por falar. Saiu. Não tenho o direito de lhe pedir isso. Não tenho. Ainda mais que nossos atos custaram nossas vidas... Enfim, aqui também eu devo falar por mim... Porque sua mãe... (*Mudando de tom.*) Pobrezinha você deve ter sofrido muito! Sozinha no mundo... Ah, se eu soubesse que sua mãe estava grávida...

A MOÇA

Você não sabia?

O PAI

Não. Na noite em que a polícia invadiu meu apartamento, sua mãe estava me esperando na rodoviária para me contar a surpresa. Nós sabíamos que os militares estavam no nosso encalço e decidimos despistá-los indo nos esconder numa pequena cidade do sertão do Ceará. No caminho, sua mãe iria me contar a surpresa. Infelizmente eu não pude ir. Nunca soube. Sua mãe viajou sozinha.

A MOÇA

Lhe pegaram antes.

O PAI

O telefone tocou. Era um companheiro que me dizia para abandonar o aparelho o quanto antes, porque a polícia já estava a caminho. Alguém tinha nos dedurado. Peguei meu casaco, o revólver, a carteira e corri para a porta dos fundos. Mas quando abri a porta ouvi passos subindo a escada. Eles já tinham derrubado a porta da frente e já estavam dentro do apartamento. Tarde demais.

A MOÇA

Lhe mataram?

O PAI

Não, não acontece assim. Antes de matar eles lhe torturam, pra que você entregue os outros companheiros. Com medo de não resistir, eu me tranquei no banheiro dos fundos, tirei meu revólver e... Um tiro no coração. Bastou um. (*Silêncio.*) Você conhece a história. Já ouviu isso mais de mil vezes!

A MOÇA

Mas eu queria ouvir a sua versão.

O PAI

Você queria a minha versão ou você queria a prova que sou eu mesmo quem estou aqui: eu, seu pai morto há muitos anos!

A MOÇA (*com ar de desentendida*)

Você não se arrependeu do que fez?

O PAI

No momento, não. Eu até achei heroico como ato. Mas quando soube que sua mãe estava grávida, eu... As coisas poderiam ter sido diferentes!

A MOÇA (*com um sorriso infantil*)

Você está falando sério?

O PAI

Se eu tivesse esperado a polícia me pegar, quem sabe eu poderia ter sobrevivido à tortura e... Eu poderia ter ido encontrar vocês e... Eu, você e sua mãe. (*Com voz trêmula.*) Meus amores.

A MOÇA

Então você me amou, mesmo sem me conhecer?

O PAI

Tudo isso ficou pra trás. Não tem mais importância. Você diz que eu nunca lhe conheci, mas isso não me impediu de reconhecê-la ao chegar aqui. E quanto a você, você me aceitou imediatamente. Foi ou não foi?

A MOÇA

Eu sonhei com você toda a minha vida. Eu procurei você, seus traços no rosto de cada homem que encontrava. Eu ficava imaginando como você era. Mas eu tinha plena consciência de que eu nunca realizaria esse sonho; de que nós nunca nos encontraríamos. Nunca!

O PAI

Como você vê, nunca se deve dizer nunca! (*Risos.*) Digam o que quiserem, mas a única coisa verdadeira aqui é que nós estamos face a face. Essa é a única verdade que contará.

A MOÇA

Como você ficou sabendo que eu estava aqui?

O PAI

Foi sua mãe quem me disse.

A MOÇA

Minha mãe? Ela ainda está viva?

O PAI

Claro que não. Mas que importância isso pode ter agora, meu Deus? Francamente, morto ou vivo, o importante é estar presente!

A MOÇA

Eu não gosto da minha mãe.

O PAI

Você não devia dizer isso!

A MOÇA

Ela também não gosta de mim. Aliás, ela nunca me amou... Ao contrário de você.

O PAI

O que você sabe sobre os sentimentos de sua mãe... Preste atenção no que diz. É sempre bom conhecer a versão do outro antes de julgá-lo... Bem, eu tenho uma coisa a lhe pedir... Um favor.

A MOÇA

Qual? Peça!

O PAI

É que sua mãe está lá fora esperando. Na verdade ela está com muito medo... De que você não queira recebê-la. Eu vim na frente... Para preparar o terreno.

A MOÇA

E então?

O PAI

Então eu queria lhe pedir para recebê-la (*Vendo a cara de desaprovação da Moça.*) Minha princesa, por favor, vocês têm tanta coisa para conversar.

A MOÇA

Eu não tenho nada para falar com ela.

O PAI

Mas ela tem muita coisa pra lhe dizer e seria muito bom que você a escutasse. Por favor, aceite, ainda que seja a primeira e a última vez!

A MOÇA

E por que eu faria isto?

O PAI

Em primeiro lugar porque sou eu quem está lhe pedindo. Em segundo lugar…

A MOÇA

Em segundo lugar?

O PAI (*firme e decidido*)

Sabe, fiquei muito triste e decepcionado quando você foi encontrá-la e desistiu bem na hora H. Você procurou anos por essa mãe desaparecida. Você queria tanto estar com ela… Você deixou o bar sem falar com ela! O que te deu na cabeça? (*Silêncio.*) Essa atitude não parece sua. Confesso que eu não fiquei nem um pouquinho orgulhoso de você.

A MOÇA

Você estava lá? Você viu tudo?

O PAI

Eu vou a todos os lugares em que você vai. Tem sido assim sempre! Naquele dia, você partiu meu coração. Eu que queria tanto que você encontrasse a sua mãe, uma mulher tão valente. (*Cada vez mais entusiasmado.*) Tão inteligente e tão bonita quanto você!

A MOÇA (*colérica e com a fala acelerada*)

Se ela era tão valente e se ela também queria me conhecer, por que nunca me procurou? Ela foi exilada em 1968. Desde 1985 ela foi anistiada. Por que ela não retornou? E você? Não pense que… (*Silêncio.*)

O PAI (*passando-lhe a mão pela cabeça, acalmando-a*)

Ah, menina, se você soubesse… Eu entendo a sua dor, mas as coisas não aconteceram como você imagina que… Por favor, ouça a sua mãe. Faça isso por mim.

A MOÇA (*reticente*)

Está bem, farei isso por você.

O PAI (*exultante*)

Essa é a minha filha. Família de gente valente essa. (*Beijando-lhe a testa.*) Eu te amo!

A MOÇA

Você é muito bonito. Estou feliz por ter-lhe encontrado.

O PAI

Eu também estou feliz por ter encontrado você… Nessas circunstâncias… Onde a gente pôde se falar. Estou muito orgulhoso de você. Quando lhe vi crescer, tão forte, tão corajosa eu dizia: essa daí não nega as origens. (*Rindo.*) É realmente minha filha!

A MOÇA

Você está se gabando.

O PAI

Por que não? Bom, agora eu tenho que ir. Já faz tempo que sua mãe está lá fora, ansiosa para falar com você.

A MOÇA

Já?

O PAI

Não fique triste.

(*Ele beija-a na fronte outra vez e vai até a porta de saída.*)

A MOÇA

Até mais, eu espero.

O PAI

Aguente firme, que tudo vai correr bem! Você já escapou de situações bem piores, bem mais graves e mais difíceis do que esta.

A MOÇA

Mas desta vez tudo quebrou e a recuperação não será tão simples.

O PAI

Isso não é nada para alguém que é louca pela vida! Você vai se sair dessa.

A MOÇA

Adeus.

O PAI

Até breve.

(*Ele sai.*)

Cena 5
A Mãe

(*Ouve-se o* adagio tristissimo. *Entra uma mulher. Trata-se da mesma atriz que representou a Enfermeira. Ela veste jaleco e porta a peruca loura com o chapéu branco característico. Vai ao cabide, tira o jaleco e a peruca. Seus cabelos negros caem aos ombros. Ela os prende com muita elegância.* O adagio *toca baixinho.*)

A MOÇA

É você, a enfermeira? Qual é mesmo o seu nome?

A MÃE

Ana. A Enfermeira se chama Ana. Mas não é Ana quem está aqui. Sou eu, sua mãe.

(*A Moça olha surpresa para a saída. Ela vê uma mulher muito bonita e elegante. Silêncio.*)

A MOÇA (*procurando as palavras*)

Quer dizer então... Que você está me procurando?

A MÃE (*muito desconcertada*)

Eu poderia começar dizendo que eu te amo. Que eu sempre te amei... Que durante meu exílio... Durante toda minha vida... Eu nunca lhe esqueci. Nunca parei de pensar em você. Mas nada disso tem importância, agora, que você está aqui. Assim!

(*Ela se aproxima da cama e esboça um gesto carinhoso, como se quisesse acariciar-lhe o rosto. A Moça vira ostensivamente o olhar. O piano silencia bruscamente.*)

A MÃE

Sei que você me odeia e eu tento compreender... Mas saiba que você foi a coisa mais preciosa que me aconteceu e se te abandonei um dia foi para te proteger, salvar você.

(A Moça fixa a Mãe com um olhar cético. Ela aperta um botão e automaticamente a cama sobe. Agora ela se encontra completamente sentada, o que lhe permite um confronto mais ostensivo com a Mãe.)

A MÃE

E se eu nunca voltei para buscá-la, foi para não tumultuar ainda mais as coisas. Para não decepcionar você. Eu não queria decepcionar nem você, nem Maria, sua tia querida. Você tem que acreditar em mim. Essa é a mais pura verdade. Sei que você tem sua versão dos fatos, mas deixe-me contar a minha... (*Silêncio.*) Na tarde em que deveríamos nos encontrar naquele bar suíço, eu cheguei três horas antes. Já havia tomado algumas doses de uísque, na esperança de poder controlar um pouco meu nervosismo. Mas não funcionou. Então eu pedi um café e comecei a ler o jornal, para matar o tempo. Às cinco horas, hora do nosso encontro, a hora que eu tanto esperei, um jovem rapaz bastante atormentado entrou. Foi até o balcão e pediu um uísque.

Eu notei que ele me olhava insistentemente, mas fingi que não estava vendo. Subitamente ele correu em direção do banheiro e, na volta, veio até a minha mesa. Tratava-se apenas de um reconhecimento. Graças a Deus. Ele havia lido todas as minhas novelas. Eu era sua escritora preferida. Pensei, então, que seu nervosismo se devesse ao fato de ter-me encontrado. Porém, mesmo após ter-lhe autografado algumas palavras num cartão, ele permanecia imóvel diante de mim, me olhando fixamente e me fazendo perguntas estranhas, do gênero: se eu estava esperando alguém; se era importante. É evidente que não respondi. (*Silêncio.*)

Foi então que, exaltado, ele gritou: não precisa mais esperar porque ela não virá. Estupefata eu lhe perguntei quem diabos ele era... Ele não respondeu e continuou gritando: sua filha não virá porque ela está muito doente! E foi embora correndo.

Desesperada eu o segui e implorei que voltasse, mas ele continuou correndo. Eu não compreendi. Não sabia o que fazer. Ainda esperei por você durante duas horas, mas você não chegou. Quis tanto que aquele jovem estivesse mentindo. Quis tanto que tivesse sido apenas um fã louco que, por acaso, cruzou o meu caminho, exatamente no dia em que iria rever a minha FILHA. Eu tentava me consolar dizendo que se você estava atrasada era por causa do trem... A senhora do consulado me disse ao telefone que você me procurava há muitos anos; que o primeiro inquérito havia-se iniciado em São Paulo há treze anos; que você havia contratado detetives e advogados especialistas em casos de crianças desgarradas, filhos de pais desaparecidos durante a ditadura; que para facilitar as coisas e agilizar o inquérito, você tinha decidido morar em Paris... Então eu continuava tentando me consolar, dizendo-me que alguém que havia feito este longo caminho não desistiria assim... Quanta esperança eu tive que você entrasse naquele bar e... Mas você não veio. Você nunca veio!

A MOÇA

Não foi exatamente assim...

A MÃE

Para mim, você nunca veio.

(Silêncio. A Mãe caminha impaciente pelo quarto, evitando olhar a filha. Esta última parece surpresa e desarmada diante da narrativa da Mãe.)

A MÃE

Voltei pra casa num estado lamentável. Meu marido não entendeu nada. Eu contei-lhe tudo e ele achou tudo muito estranho. O que mais surpreendeu meu marido foi o encontro com o jovem e sua abordagem hostil. Aproveitando-se do status de embaixador, ele investigou sobre esse tal rapaz e sua aparição no Relais Bistrol, aquela tarde. Infelizmente, não descobriram grande coisa, pois ninguém sabia seu nome, nem o lugar onde estava hospedado. Já estávamos desistindo quando recebi sua segunda carta. Meu coração, novamente, se encheu de esperança. Você estava me pedindo uma segunda chance. Um novo encontro. Desculpando-se por não ter podido vir ao primeiro encontro, por conta de uma bronquite crônica que a levara ao hospital, você me implorava para comparecer uma vez mais ao Relais Bistrol, no mesmo dia, um domingo; na mesma hora, às cinco horas da tarde. O rapaz estava certo!

(*Silêncio.*)

A MÃE

Anos mais tarde, eu soube que se tratava do seu namorado e que você tinha sido, de fato, internada, não por causa de uma bronquite, mas num hospital psiquiátrico. Soube também, para minha grande surpresa, que havia sido ele o responsável pelo seu internamento. Anos mais tarde eu soube, ainda, que você veio ao nosso segundo encontro, mas que você desistiu de... (*Muito triste.*) Disseram-me que você foi até o balcão; pediu um café e... E eu lhe esperei de novo, durante três horas... De tanto esperar, fui embora. Nos anos que se seguiram fui eu quem lhe procurou. Fui atrás de você em Paris, São Paulo. Ninguém sabia para onde você tinha ido, onde você estava. (*Chorando.*) E hoje eu estou aqui em Montreal, no Hospital Santa Cabrine. Aqui. Eu e você.

A MOÇA

Sabe... Não é que eu não tenha querido lhe falar... É que... Você estava sentada a uma mesa, indiferente. Você escrevia concentradamente sem se preocupar com o entorno.

A MÃE

Meu Deus, como você pôde pensar isso de mim?

A MOÇA

Te vendo ali, serena e indiferente, eu pensei no quanto eu havia sofrido; quão difícil e espinhoso havia sido o caminho que me levara até você... E você estava ali, como a esperar a personagem principal do seu último romance. O romance que você estava concluindo e que estampava a primeira página dos jornais suíços.

A MÃE

Posso compreender seu sofrimento, a profundidade da sua ferida... Só não aceitarei nunca um julgamento desta natureza!

A MOÇA

Em todo caso, você estava lá mais bonita e serena do que nunca. Você estava linda. Enquanto eu...

A MÃE (*interrompendo-a*)

É verdade que meu último romance, que aliás nunca foi publicado, deveria tratar da história de uma mãe e de uma filha tragicamente separadas pela ditadura; deveria tratar do reencontro das duas, trinta anos depois... Mas tudo isso não tem nada a ver com minha atitude naquele dia. Naquele dia eu estava tão feliz e tão ansiosa que eu decidi lhe dar um grande presente: peguei meu caderno de notas e comecei a lhe escrever um poema. Um longo poema pra você, minha filha, meu grande amor! Não havia nada mais genuinamente parecido comigo do que um poema. Eu me oferecendo a você! Então eu queria terminá-lo logo. Antes que você chegasse. (*Com muita tristeza.*) Infelizmente você chegou e eu nem sequer percebi. Seu presente você nunca recebeu. Eu nunca mais tive a ocasião de dá-lo a você. Mas hoje se eu insisti tanto com seu pai para lhe convencer; se eu quis tanto lhe ver foi só por isso: porque eu queria lhe dar seu presente, lhe olhando nos olhos. Tome!

(*A Moça recebe uma folha manuscrita e lê muito concentradamente. Após alguns instantes ela cessa a leitura e olha sua Mãe.*)

A MÃE

Meu marido disse que é o mais belo dos poemas que já escrevi. Ele queria muito que eu o publicasse, mas eu nunca aceitei. Isso nos pertence. É nosso segredo. Ainda que você não soubesse de sua existência era um poema sobre nós. Sobre nosso amor inconfesso… Agora ficará entre nós por toda a eternidade.

(*A Moça conclui a leitura.*)

A MOÇA

Certo. Naquele dia no Relais Bistrol, sua atitude não era de indiferença, mas de concentração. Isso não invalida o fato de que você me deixou numa pequena cidade, com pessoas que você nem sequer conhecia direito. Não venha dizer pela milésima vez que você estava fugindo da ditadura porque isso eu já sei; sei que seria uma atitude suicida. Mas os anos se passaram. A Anistia… A liberdade… Por que não voltou nunca? Por quê?

A MÃE

Porque… As coisas não aconteceram exatamente assim como você acredita…

A MOÇA

Eu nunca soube que você tinha estado à minha procura.

A MÃE

E no entanto...

A MOÇA (*cortando-a*)

E no entanto, o quê?

A MÃE

Eu voltei! Em 1986. Você estava completando dezoito anos e eu queria lhe dar este presente. Recém anistiada, voei até Fortaleza e lá tomei um ônibus até a cidadezinha onde lhe deixei com Maria. Viajei durante oito horas. Foi uma viagem muito longa e cansativa. Quando o ônibus chegou na rodoviária, peguei minha bolsa e me dirigi ao banheiro. Estava lavando o rosto quando, quando vi a vizinha pelo espelho. Eu a reconheci imediatamente. Era a vizinha de Maria, com seu pontual olhar amargo e impiedoso. Aquela que condenava minha relação com José. Tive apenas o tempo de me virar, ela me puxou pelo braço e me arrastou até um vão que ficava ao fundo da rodoviária. Lá ela me disse aos berros para tomar o mesmo caminho e, se possível, o mesmo ônibus que me havia trazido; para eu desaparecer pra sempre! Eu respondi que não! Eu só sairia dali se falasse com você antes; que tinha vindo só para isso.

Então ela me disse que você não morava mais na cidade. Você estava em São Paulo há três anos. Além de tudo, você não sabia nada da minha existência. Maria nunca tinha dito nada e todos me acreditavam morta. Ela me disse que viu meu corpo cair no rio e ser levado pela correnteza. Ela tinha ido pessoalmente contar tudo a Maria. Ela disse que depois daquela tarde, José nunca mais pronunciou um só palavra e que não seria bom pra ninguém que eu reaparecesse. Estupefata, eu fiquei três horas escondida naquele vestiário esperando o próximo ônibus para Fortaleza.

Na estrada de volta, eu pensei em José, em você, em todo o mal que eu tinha causado com a minha passagem. Quanto remorso, meu Deus. Pobre José, ele realmente se apaixonou por mim e eu nunca lhe disse a verdade. Como fui boba e egoísta. Mas para uma foragida, encontrar um camponês que a proteja é um presente dos céus. Quando José me convidou para morar com ele, as coisas ficaram mais seguras ainda. O plano estava perfeito. As coisas estavam tomando rumos providenciais. Andreas como médico da cidade. Eu como mulher de José. Quem iria desconfiar que nós éramos guerrilheiros? Ninguém. Quanto mais a vizinhança espalhava boatos de que eu traía José com Andreas, mas eu gostava, porque isso despistava a polícia. Essa falsa trama nos dava tempo de organizar nossa fuga e esperar os passaportes que viriam de São Paulo.

Pobre José. Tão inocente. Acreditava realmente que você era filha dele. Nascida de sete meses. Ele nunca desconfiou de Andreas. José não tinha maldades. Foi a língua da vizinhança que envenenou seu espírito. José confiava em mim e acreditava que Andreas era apenas um grande amigo meu. O que José não sabia é que para escapar da tortura e da morte, Andreas e eu estávamos dispostos a tudo. Além de ter-lhe deixado naquela cidade, a segunda coisa que eu mais lamento na vida é ter brincado com a vida de José, seus sentimentos!

A MOÇA

Ele tentou matá-la.

A MÃE

Ele estava sofrendo. Pensava que eu o traía. Para falar a verdade, no dia em que ele nos viu, nós não fomos nem um pouco discretos. De posse dos passaportes, Andreas marcou comigo na beira do Rio, para que ninguém nos ouvisse planejar a fuga. Muita gente veio a esse encontro. A cidade quase toda estava lá, até mesmo José... Que não suportou o que viu!

A MOÇA

Você tentou retomar contato com Maria?

A MÃE

Tentei. Há dois anos, não me contive e escrevi-lhe uma carta pedindo notícias suas. Ela me respondeu dizendo não saber mais nada do seu paradeiro e que isso não a preocupava porque ela tinha plena confiança em você. Depois eu finalmente consegui encontrar o jovem do Relais Bistrol. Escrevi-lhe uma carta também.

A MOÇA

Você conheceu Stéphane Berthaud?

A MÃE

Conheci. Ele respondeu às minhas cartas e eu fui até Paris encontrá-lo. Ele me contou tudo: seu sofrimento, sua hospitalização... Até seu desaparecimento. Ele parecia muito arrependido. Enfim, ele estava lhe procurando, como eu.

A MOÇA

Se é verdade tudo o que está dizendo, eu gostaria de destacar que entre 1986 a primeira vez em que partiu à minha procura e 1998 quando você escreveu a Maria e encontrou Stéphane tem um abismo... Por que esperou tanto? Deu um tempo com os inquéritos? Se cansou de me procurar? Por que não veio a São Paulo ou Paris?

A MÃE

Eu sempre soube onde você estava. Conheci todos os lugares por onde você andou. Em uma carta recente, Maria me contou que havia lhe levado até a cabana do velho curandeiro o que pescou meu corpo e me curou... e sabia de toda a história. Quando você foi morar em São Paulo, eu sabia o seu endereço, a sua universidade, simplesmente porque a pessoa que lhe levou era a irmã do Andreas, Elisa Martinez. No início, ela dizia que fazia isso por Andreas, mas a gente sabia que no fundo ela tinha outras razões para agir assim.

A MOÇA

Quais, por exemplo?

A MÃE

No dia em que Andreas contou essa história a Elisa, nós estávamos num restaurante parisiense. Pouco depois da anistia. Ela havia encontrado o paradeiro do irmão e foi à França, a fim de iniciar os encaminhamentos para anistiá-lo. Andreas contou tudo a Elisa desde o começo até a tragédia final naquela cidadezinha. Elisa ficou muito impressionada com toda essa história. Naquela noite ela soube se conter, mas pelo seu olhar eu sabia que ela me julgava!

A MOÇA (*irônica*)

Ela teria alguma razão para isso?

A MÃE (*em silêncio por um momento e depois, com ar sério e chateada*)

Andreas me disse que naquela noite Elisa tinha tido uma crise de choro. Nos dias que se seguiram, ela não parou mais de falar de você. Do seu destino. Enfim você havia se tornado uma verdadeira obsessão para Elisa. Essa história, você... As coisas ficaram tão tensas entre ela e Andreas que ela encurtou a estada e retornou ao Brasil bem antes da data prevista. Alguns anos mais tarde, Andreas me contou que Elisa tinha viajado até o vilarejo, à casa de Maria e... Então eu acho que Elisa amou você. Ela lhe admirava muito... Sua inteligência. Sua força de vontade. Ela amou você verdadeiramente!

A MOÇA

A irmã do Andreas! E as pessoas da cidade não desconfiaram de nada? Duvido. Eu nunca liguei uma coisa com a outra. Mas eu também não ouvia muito falar em Andreas. Só o velho curandeiro que, uma única vez, falou do médico Martinez.

A MÃE

Mas Maria sabia. Nem perguntou o nome de Elisa. Não precisava. Ela a havia reconhecido pelos traços. Maria sabia muito bem quem era a pessoa que estava lhe levando a São Paulo e com que fins.

A MOÇA

E por que você nunca veio a São Paulo?

(*Longo silêncio.*)

A MÃE

Não sei. Elisa nunca gostou de mim e nunca me escreveu dizendo que você se encontrava sob a custódia dela. Aliás, somente há pouco tempo, quando nem Maria, nem Stéphane sabiam mais nada do seu paradeiro, Elisa finalmente decidiu me escrever. Na sua carta, ela dizia que você não sabia dela, do nome Elisa Martinez. Das razões súbitas desta adoção. E, de maneira muito clara, ela me fez compreender que o fato d'ela nunca ter-me escrito sobre você era porque agora ela tinha a real medida do sofrimento que eu lhe havia causado. Com um tom que me cortou o coração, ela disse:

(*Tirando uma carta do bolso e lendo-a.*)

[...] *Senhora, tenho certeza de que é primeira vez que ela se sente amada de graça, pois mesmo o amor de Maria foi, de certa maneira, interpretado como piedade. Vejo em seus olhos que ela não duvida do meu amor um só instante. É bem verdade que, enquanto vida eu tiver, jamais permitirei que você nos roube isso, nossa felicidade! Se hoje lhe escrevo é simplesmente porque não desfruto mais da sua doce e enérgica companhia. E também eu já não tenho muito tempo… Como a Senhora, eu também não tenho ideia de onde ela possa se encontrar. Eu sei apenas que abriu alguns inquéritos com objetivo de encontrá-la. Muito embora eu tenha me esforçado para permanecer neutra nesta história, eu a encorajei de todas as maneira possíveis: psicologicamente, moralmente e financeiramente. Eu tenho certeza que em breve vocês vão se encontrar! Quando a Senhora receber esta carta, talvez eu já tenha partido… Tenho um único pedido a lhe fazer. Meu último pedido: Diga-lhe que eu a amei. Que tudo o que fiz tem um único nome: AMOR!*

Esta carta me chegou quase junto com a de Maria. Pouco depois eu recebi a notícia da morte de Elisa. Pouco depois eu descobri que tinha lupus. Tive uma crise aguda que durou alguns anos. Perdi minhas forças. Consegui sair dessa crise…

A MOÇA

Conhecia meu endereço em Paris?

A MÃE

Sim, Elisa havia me passado o endereço do seu primeiro apartamento. Depois você se mudou para o apartamento de Stéphane. À época eu tinha cortado todo contato com o mundo externo.

A MOÇA

O que aconteceu dessa vez?

A MÃE

Não me olhe deste jeito, por favor!

A MOÇA

Desse jeito como?

A MÃE

Como se eu estivesse inventando histórias! ...O que eu estou dizendo é a mais pura verdade! Quando você morava em Paris, eu passei a maior parte do tempo internada. No início eu pensava que era por causa do lúpus. Mais uma crise... Infelizmente os médicos detectaram um enfisema pulmonar... Eu estava desenganada!

A MOÇA (*fixando-a com olhar irônico*)

A MÃE

Nada mais fazia sentido. Porque lhe encontrar assim, neste estado? Lhe oferecer o espetáculo da minha degeneração, não me agradava como ideia.

A MOÇA

Mas você ainda viveu um bom tempo.

A MÃE

Cinco anos. Eu vivi cinco anos depois do primeiro diagnóstico. O problema não foi a quantidade de anos que eu vivi, mas a qualidade. Lúpus, enfisema, depressão... Que inferno de vida. Foi em meio a tudo isso que eu recebi um telefonema do consulado. Perguntaram-me se eu aceitaria encontrar você. Foi uma pequena luz na minha vida. Meu coração se encheu de esperança..

(*Silêncio. Em desespero súbito.*)

A MÃE

Por que você não veio até a minha mesa?

A MOÇA

Eu odiava você!

A MÃE

Até o pior dos criminosos merece uma segunda chance... Aquele dia era a minha segunda chance! A segunda e última chance de encontrar você, lhe tocar, lhe pedir perdão. Por quê?

A MOÇA (*gritando*)

Eu não sabia que você estava doente. Eu não sabia que você já havia me procurado também. Eu não sabia que iria morrer. Naquele dia você era apenas uma escritora que me esperava para transformar meu sofrimento em literatura. Você estava ali, diante de mim, esperando uma personagem e não a mim, SUA FILHA!

A MÃE

É um pouco estranho. Muito estranho mesmo, você não acha? Você não veio até mim porque, no lugar da sua mãe, você viu a escritora. Em vez de minha filha, se sentiu uma personagem... E, no entanto, eu nunca publiquei uma linha sequer sobre você. Mas você, MINHA FILHA, você andou escrevendo coisas sobre mim. Que bela ironia do destino, não?

A MOÇA

Como é que você sabe disso?

A MÃE

Esse tipo de coisa se propaga rapidamente no nosso meio.

A MOÇA

Eu não frequento as pessoas de literatura.

A MÃE

E os dramaturgos são diferentes, por acaso? É tudo a mesma coisa. Um meio só! Nos conhecemos todos. Mas vamos parar com essa discussão pueril. Francamente que seja para o teatro ou para a literatura o importante é que você escreve. O importante é o que você escreveu sobre sua mãe. A Mãe que você sonhou encontrar... Abraçar, sentir seu perfume, seu calor. Você escreveu muita coisa sobre mim. Não fosse eu, você jamais teria se tornado escritora. Jamais teria sido dramaturga... Eu tenho muito orgulho disso. De você.

A MOÇA

Por que nunca publicou seu livro? Seu último romance!

A MÃE

Meu livro era para você. Meu último romance era você!

A MOÇA

Onde estão os originais? Você os guardou, não foi?

A MÃE

Destruí tudo. Nossa história precisa ser reescrita. Nosso amor tem que ser reinventado.

A MOÇA (*triste*)

Ah, meu Deus, por que você fez isso? (*Chorando*) Por que destruiu tudo? Oh, minha mãe, eu... Eu sinto muito... Eu deveria ter ido falar com você... Mas... Stéphane havia dito tantas vezes que você não me amava... Que o desejo desse encontro era só meu e...

A MÃE (*enérgica*)

Eu não aguento mais ouvir falar desse rapaz. Seu erro, MINHA FILHA, foi ter renunciado aos seus sonhos... Não ter ido até o fim por causa das bobagens que um cara qualquer pensava e dizia da sua história. O que sabia ele de nós, do nosso amor? O que sabia ele da vida e da morte? Mas enfim, de nada adianta ficarmos aqui nos lamentando! (*Silêncio. Ela se prepara para partir*) Agora é tarde demais!

(*Ouve-se o* adagio tristissimo.)

A MOÇA

Tarde demais, você está morta!

A MÃE

E você gravemente ferida!

A MOÇA

Muito tarde.

A MÃE

E muito cedo para uma ferida tão profunda... Precisaremos de uma outra vida.

A MOÇA

Outra existência mais pacificada e ao seu lado, minha mãe.

A MÃE

Ao seu lado nas quatro estações. Saboreando cada uma delas!

A MOÇA

Então, eu serei como nunca pude ser: só uma criança!

A MÃE

Seremos como nunca fomos.

A MOÇA

Felizes!

A MÃE

Meu tempo acabou. Tenho que partir para que você renasça. (*Ela caminha em direção à porta de saída*.)

A MOÇA

Chegou a hora da despedida.

A MÃE

Chegou a hora de falar de amor.

A MOÇA

Tarde demais... Muito tempo nossa voz sufocada, massacrada. De tanto nos maltratar, a dor nos devastou!

A MÃE

Mas tudo pode mudar. Basta uma palavra e a grama verde pode crescer novamente. Uma só palavra... Eu te amo.

A MOÇA

Não consigo...

A MÃE

Não tem problemas. Te amarei por nós duas... Adeus!

(*A Moça se esforça para falar, mas não consegue, apenas responde ao adeus com a mão. O* adagio *entra forte e* desesperado. *A luz cai. O piano vai baixando aos poucos.*)

Cena 6
O Namorado

(*O quarto permanece escuro. Uma sombra surge. Uma lanterna acende-se e seu fio de luz vasculha o quarto à procura de algo. Os movimentos da sombra do namorado se assemelham aos de um gato dentro da noite. Subitamente, a lanterna para sobre um rosto: o rosto da Moça. Durante toda esta cena, o quarto permanece na penumbra. Ouve-se o* adagio adagissimo.)

A MOÇA

Doutor?

O NAMORADO

Sou eu, meu amor (*Ele acende a luz. Veste jeans e camiseta.*)

A MOÇA

Você?

O NAMORADO

Eu mesmo, Stéphane.

A MOÇA

O que você está fazendo aqui?

O NAMORADO

Depois da nossa conversa no bar, eu voltei ao hotel e não consegui dormir... impressionado com você. Com este reencontro. Então eu decidi adiar o meu retorno. Decidi ficar em Montreal. Eu queria ver você uma última vez.

A MOÇA

E como você soube que eu estava aqui?

O NAMORADO

Saiu no Jornal de Montreal. Foi um acidente muito feio. Por isso eu vim...

A MOÇA

Só por isso?

O NAMORADO (*Se aproximando dela e a tomando em seus braços*)

Eu vim também para lhe levar comigo. Vou fazer hoje o que deveria ter feito alguns anos antes, quando internei você naquele hospital. Oh, como ainda tenho remorso por não ter ido buscá-la...

A MOÇA

Mas foi você quem chamou o médico. Foi você quem deu autorização para me internarem.

(O adagio *cessa bruscamente.*)

O NAMORADO

Eu sei. Eu não esqueci. Nunca vou poder esquecer. Mas hoje eu quero reparar meu erro. Hoje levarei você comigo. Talvez possamos recomeçar uma outra vida juntos. Talvez você ainda possa me amar e eu tenha a ocasião de me mostrar terno e compreensivo com você. Como eu nunca fui. Nunca pude! Talvez você possa fazer de mim alguém mais generoso... Melhor do que sou.

(*Eles estão no meio do quarto. Stéphane está pronto para sair com a Moça nos braços*).

A MOÇA

Você está esquecendo de um detalhe importante: minha coluna quebrou e eu tenho uma cirurgia de risco marcada para logo em breve. Isto não é um hospital psiquiátrico e eu não estou somente deprimida!

O NAMORADO

Isso não tem nenhuma importância pra mim agora. Em Paris tem excelentes cirurgiões. Eu cuidarei de você. Deixe-me fazer algo por você. Eu que fui tão duro com você. Venha comigo!

A MOÇA

Ah, meu pobre Stéphane, como você ainda tem culpa. Nossa prestação de contas no bar, ontem, ressuscitou o seu remorso.

O NAMORADO

Você quer dizer que este acidente não teve nada a ver com a nossa conversa? Que o fato de me rever não mexeu com você?

A MOÇA

Foi um acidente, Stéphane. E eu também tinha bebido.

O NAMORADO

Então, era verdade. Você não pensa mais em mim, em nós?

A MOÇA

Não. Ontem no bar, eu dizia a verdade. Mas isso não tem muita importância agora. Como não tem nenhuma importância saber em que ano, que mês, que semana nós estamos... Nada tem mais importância. Talvez eu já esteja morta. Só isso importa: eu não te amo mais. Não posso!

O NAMORADO (*soltando a Moça na cama*)

Você nunca me amou.

A MOÇA

Esse não é o melhor momento para falarmos disto.

O NAMORADO

Por que só você sabe qual é o melhor momento para fazer e dizer o que tem de ser feito e dito?

A MOÇA

Você ainda está cheio de ódio e revolta, Stéphane.

O NAMORADO

E você? Você tinha o quê, quando vivia comigo? O que era aquilo em você? Amor?

A MOÇA

Você precisa ir embora, Stéphane.

O NAMORADO

Tudo bem, mas antes eu queria lhe dizer umas coisinhas.

A MOÇA

Eu não quero ouvir mais nada. Vá embora! (*Ela tapa os ouvidos. Stéphane começa a gritar.*)

O NAMORADO

Você não quer saber por que eu lhe tratei como uma louca e internei você? Não quer saber por que eu me fiz de idiota e nunca quis acreditar na tua história? Não quer saber por que eu insistia em desqualificar os feitos heroicos da sua mãe, tratando-a de irresponsável? Não quer saber?

(*Ele para um instante. A Moça o fixa com um olhar severo.*)

O NAMORADO

Porque eu nunca suportei o fato de você não me amar como eu te amei. Você era tudo para mim e dia após dia eu lhe perdia... Você escorregava da minha vida completamente obcecada por sua mãe... Essa guerrilheira... Ela ocupava todos os espaços. Roubava toda a sua doçura. Lhe impedia de amar e isso eu não conseguia engolir. Eu não podia aceitar que ela passasse antes de mim. Essa mãe que nunca lhe procurava. E eu? Eu estava sempre ao seu lado. Todo seu! Dia e noite você me ignorava. Cega. Incapaz de enxergar a imensidão do meu amor... Quer saber? Não me arrependo de nada do que fiz e disse. Nada. Nem de ter chamado os médicos, nem de ter deixado você lá, naquele hospital psiquiátrico. Não me arrependo de nada. Eu jamais deixaria você partir ao encontro de sua mãe... Você jamais teria voltado para mim. Eu sabia. Por isso eu fiz tudo para impedir

o grande encontro, o face a face com sua mãe, como você tanto sonhava e repetia! (*Silêncio.*)
Sabe quando você teve aquela crise e quebrou tudo no apartamento? Eu nem me importei. Nem fiquei com medo. Eu já havia tido namoradas muito mais loucas que você. Mas, com elas, pelo menos eu estava no cento de suas neuroses. Elas eram loucas por mim. Elas me amavam.

(O adagio adagissimo *volta a tocar.*)

A MOÇA
Pobre Stéphane!

O NAMORADO
Pobre de você, que vai morrer!

A MOÇA
Está na hora de você ir embora.

O NAMORADO
Acabou aquele tempo. O tempo em que ainda éramos capazes de falar de amor!

A MOÇA
Nesta vida não é mais possível!

O NAMORADO
Não haverá outra oportunidade.

A MOÇA
É a vida.

O NAMORADO
Mais parece a morte.

(*O piano cessa. Stéphane já se encontra na soleira da porta*)

A MOÇA

Eu queria lhe dizer que...

O NAMORADO

Que?

A MOÇA

Eu amei você, sim. Contrariamente ao que você pensa, havia lugar no meu coração para você e minha mãe. É verdade que procurar por ela sem jamais encontrá-la adoeceu-me a alma, abateu-me o corpo. Minha solidão e seu ciúme terminaram por aniquilar o último fio de esperança... Então, tudo ao meu redor se transformou em medo, frustração e revolta.

O NAMORADO

Agora é tarde, muito tarde. Muito tempo vagando nas trevas da incerteza. O que conta agora é que você não me ama mais. Está aqui, neste estado, sem mãe e sem amor: eis o seu dote nesta vida!

A MOÇA

Você precisa me esquecer, Stéphane. Precisa reaprender a amar. E eu preciso renascer.

O NAMORADO

Adeus.

(*Blecaute.* Adagio piano.)

Cena 7
O Despertar

(O adagio *para. A luz sobe lentamente. A Moça está deitada na cama. O Médico se encontra ao lado direito da cama. Do lado esquerdo, está a Enfermeira.*)

A MOÇA

Eu estou morta?

O MÉDICO

Longe disso, você está cada vez mais em forma.

A ENFERMEIRA

Ela até pegou uma corzinha!

(*A Moça aperta um botão e a cama se verticaliza automaticamente.*)

A MOÇA

Por que estão me olhando assim?

O MÉDICO

Estamos admirando a sua recuperação.

A MOÇA

Minha recuperação?

A ENFERMEIRA

Correu tudo bem na sua segunda cirurgia.

A MOÇA

É verdade o que ela está dizendo? Eu não vi nada.

O MÉDICO

Normal.

A ENFERMEIRA

Você dormiu muito e mesmo quando estava acordada, tivemos que aumentar as doses de morfina, para ter certeza de que não sentiria dor.

A MOÇA

Quanto tempo eu fiquei assim? Há quanto tempo estou aqui?

O MÉDICO

Quase três semanas.

A ENFERMEIRA

Há quatro dias diminuímos radicalmente as doses e, o que é melhor, você esta reagindo bem. Muito bem. Se continuar assim poderá voltar pra casa em breve e iniciar as sessões de fisioterapia.

O MÉDICO

Bom, tenho que ir agora.

A ENFERMEIRA (*para a Moça*)

E nós vamos tentar caminhar um pouco pelo quarto, certo?

A MOÇA

Doutor?

O MÉDICO

Sim.

A MOÇA

Enquanto eu dormia, sonhei que estava na cidade da minha infância, e...

O MÉDICO

E?

A MOÇA

Havia um rio. Eu conhecia esse rio. Era época das cheias. Eu me encontrava à margem esquerda, triste e desesperada. Eu queria me jogar...

O MÉDICO

Você se jogou?

A MOÇA

Não...

O MÉDICO

Por quê?

A MOÇA

Porque avistei minha mãe e meu pai que estavam na outra margem. A margem direita do rio. Eles estavam desesperados e faziam sinais com as mãos, para que eu fosse embora. Me afastasse do rio. Daquelas águas turvas e violentas... Então, eu não me joguei. Eu voltei... pra casa. No caminho, eu ainda olhei para trás e eles estavam lá. Apaziguados, os dois sorriram para mim.

O MÉDICO

Foi um sonho muito bonito. Um bom sinal. (*Para a Enfermeira*). Agora você faz ela se mexer um pouquinho. Já é tempo. Até amanhã.

A MOÇA

Até amanhã e obrigada por tudo!

O MÉDICO

De nada.

A ENFERMEIRA

Até logo mais, Doutor.

(*O Médico sai. Pela primeira vez, ouve-se o* adagio allegro. *A Enfermeira pega o andador, abre-o, se aproxima da cama. Ajuda a Moça a se levantar. A Moça consegue se levantar com muita dificuldade. Se agarra ao andador. Caminha pelo quarto durante um certo tempo sob o som do* adagio allegro. *A luz vai caindo e o* adagio *vai subindo.*)

Cena 8
A Outra Moça

(*A luz sobe aos poucos. O* adagio *cessa. A Moça adquire independência com o andador e caminha sozinha pelo quarto. Enquanto ela avança, a enfermeira recua até o cabide. Pendura o jaleco, a peruca e o pequeno chapéu. Quando ela se volta para o público tem agora a aparência e as maneiras da Mãe, com uma pequena diferença: ela veste jeans e camiseta preta e um casaco rosa de corte elegante e discreto. Os cabelos estão soltos e levemente despenteados, o que lhe dá uma aparência descontraída e jovial.*)

A OUTRA MOÇA

Então querida, vamos pra casa?

A MOÇA (*surpresa*)

Pra casa?

A OUTRA MOÇA

Sim, minha flor. O médico lhe deu alta. Eu vim buscá-la. Vamos?

A MOÇA

Pra onde?

A OUTRA MOÇA

Para nossa casa, em Beaubien. Você não lembra? Não quer mais voltar?

A MOÇA

Não, não é isso… É que nós havíamos brigado e eu entendi que…

A OUTRA MOÇA

Isso já faz muito tempo… Foi bem antes da noite do acidente.

A MOÇA

Naquela noite eu ia ao seu encontro para…

A OUTRA MOÇA

Tudo isso pertence ao passado.

A MOÇA

Eu gosto de você.

A OUTRA MOÇA

Eu também.

A MOÇA

Você veio me buscar… eu vou. Você está muito bonita neste casaco rosa.

A OUTRA MOÇA

Então vamos para casa?

A MOÇA

Tem neve no Parque Molson?

A OUTRA MOÇA

Tem sim. Muita neve. (*Dando-lhe um jeans e camiseta branca, o mesmo figurino de* A Morte nos Olhos.) Vamos rápido, porque está anoitecendo e a neve continua caindo.

A MOÇA

Esse será o mais belo inverno da minha vida. Está bonito lá fora?

A OUTRA MOÇA

Está um dia terno como a neve. Você ficou muito bonita nesse jeans.

A MOÇA

Me ajude com o casaco.

(*A Outra Moça vai ajudar vestindo um casaco de couro. Ajeita-lhe o cabelo. Retira o andador e traz uma cadeira de rodas. A Moça senta-se. A Outra Moça empurra a cadeira de rodas, parando, porém, no meio do quarto.*)

A OUTRA MOÇA

Você está um pouco pálida. Vou dar um jeito nisso!

(*Ela pega a bolsa no colo da Moça e começa a procurar algo.*)

A OUTRA MOÇA (*acha uma folha manuscrita e retira*)

Uma carta?

A MOÇA

Não, é um poema. Foi minha mãe que fez pra mim!

A OUTRA MOÇA

Sua Mãe!!! Eu posso ler?

A MOÇA

Claro, leia. Leia em voz alta. Quero ver como ele fica na sua voz.

A OUTRA MOÇA (*ela abre a folha de papel, lê em silêncio, depois em voz alta*)

Onde os sonhos não morrem
Onde a lua cai
Como unguento na chaga aberta
Tornando sublime toda espera
Onde o tempo nos espera
Onde toda hora será sempre nossa hora
Todo tempo, nosso tempo.
Teremos tempo?
... Eu te encontrarei
Tu me acharás?
Eu chegarei
Estarás a minha espera?
Tu chegarás?
Estarei te esperando!
Eternamente.
Ainda não
Quando não houver mais neve nas estradas.
Será na primavera.
Na tua estação preferida eu chegarei primeiro
Na minha estação da vida, tu estás sempre.
Eternamente
Esse é meu credo!
Meu coração degela
Eu te encontrei
Vem! Vamos!

A OUTRA MOÇA

Nossa! Tocante, realmente.

(*Ela dobra a folha. Passa batom na Moça, devolve-lhe a bolsa e empurra a cadeira de rodas.*)

A OUTRA MOÇA

Eu não sabia que sua mãe era escritora.

A MOÇA

É. Ela era uma grande escritora.

(*Elas saem. Ouve-se o* adagio allegro.)

FIM

Bibliografia

ARISTOTE. *Poétique*. Trad. J. Hardi. Paris: Les Belles Lettres, 1990. Édition bilingue (grec et français).

AUSTIN, Jonh Langshaw. *Quand dire c'est faire*. Paris: Seuil, 1970.

CHARTIER, R. Preface. In: MCKENZIE, Donald Francis. *La Bibliographie et la sociologie des textes*. Paris: Cercle de la Librairie, 1991.

DERRIDA, Jacques Derrida. Signature, événement, contexte. In: *Les Marges de la philosophie*. Paris: Minuit, 1972.

FÉRAL, Josette (sous la diréction de). *Théâtralité, écriture et mise en scène*. Montréal: Édition Hurtubises HMH, 1985.

GADAMER, Hans-Georg. *El Problema de la Consciencia Histórica*. Trad. Agustin Domingo Moratalla. Madri: Tecnos, 1993.

_____. *Verdad y Método II*. Trad. Manuel Olasagasti. Salamanca: Sígueme, 1992.

GALLÈPPE, Thierry. *Disdascalies: Les Mots de la mise en scène*. Paris: L'Harmattan, 1997.

GREIMAS, Algirdas Julius; COURTÉS, Joseph. *Dictionnaire Raisonné de la Théorie du Langage*. Paris: Hachette, 1993.

LARTHOMAS, Pierre. *Le Langage dramatique*. Paris: PUF, 1972.

LE-QUEAU, Pierre. *Os Ritmos e os Efeitos da Narrativa*. Material didático produzido para a Disciplina Tópicos especiais em Artes Cênicas. Trad. e revisão Antonia Pereira. Salvador: PPGAC/UFBA, 2000.

OUELLET, Pierre (dir.). *Le Soi et l'autre: L'Énonciation de l'identité dans les contextes interculturels.* Montreal: Les Presses Université Laval, 2003.

QUIGNARD, Pascal. *Le Sexe et l'effroi*. Paris: Gallimard, 1994.

RÉCANATI, Francois. *Les Énoncés performatifs*. Paris: Minuit, 1981.

RICHARD, Jean-Pierre. *Poésie et profondeur*. Paris: Seuil, 1955.

RICOEUR, Paul.*Temps et récit 3: Le Temps raconté*. Paris: Seuil, 1985.

_____. *Temps et récit 2: La Configuration dans le récit de fiction*. Paris: Seuil, 1984.

_____. *Temps et récit 1: L'Intrigue et le récit historique*. Paris: Seuil, 1983.

_____. *La Métaphore vive*. Paris: Seuil, 1975.

ROUBINE, Jean-Jacques. *Introduction aux grandes théories du théâtre*. Paris: Nathan/HER, 2000.

UBERSFELD, Anne. *Lire le théâtre 2: L'École du spectateur*. Paris: Éditions Sociales, 1981.

_____. *Lire le Théâtre 1*. Paris: Belin 1996. (Ed. bras.: *Para Ler o Teatro*. São Paulo: Perspectiva, 2005.)

VAÏS, Michel, *L'Écrivain scénique*. Montréal: Presses de l'Université du Québec, 1978.

VERNANT, Jean-Pierre. *La Mort dans les yeux: Figures de l'autre en Grèce ancienne – Artemis, Gorgô*. Paris: Hachette, 1998.

_____. *Mythe et société en Grèce ancienne*. Paris: La Découverte, 1974.

VERNANT, Jean-Pierre; VIDAL-NAQUET, Pierre. *La Grèce ancienne 1: Du mythe à la raison*. Paris: Seuil, 1990.

VINAVER, Michel. *Écritures Dramatiques, essais d`analyse de textes de théâtre*. Arles: Actes Sud, 1993.

COLEÇÃO PARALELOS

1. *Rei de Carne e Osso*
   Mosché Schamir
2. *A Baleia Mareada*
   Ephraim Kishon
3. *Salvação*
   Scholem Asch
4. *Adaptação do Funcionário Ruam*
   Mauro Chaves
5. *Golias Injustiçado*
   Ephraim Kishon
6. *Equus*
   Peter Shaffer
7. *As Lendas do Povo Judeu*
   Bin Gorion
8. *A Fonte de Judá*
   Bin Gorion
9. *Deformação*
   Vera Albers
10. *Os Dias do Herói de Seu Rei*
    Mosché Schamir
11. *A Última Rebelião*
    I. Opatoschu
12. *Os Irmãos Aschkenazi*
    Israel Joseph Singer
13. *Almas em Fogo*
    Elie Wiesel

14. *Morangos com Chantilly*
Amália Zeitel

15. *Satã em Gorai*
Isaac Bashevis Singer

16. *O Golem*
Isaac Bashevis Singer

17. *Contos de Amor*
Sch. I. Agnon

18. *As Histórias do Rabi Nakhma*
Martin Buber

19. *Trilogia das Buscas*
Carlos Frydman

20. *Uma História Simples*
Sch. I. Agnon

21. *A Lenda do Baal Schem*
Martin Buber

22. *Anatol "On the Road"*
Nanci Fernandes e J. Guinsburg (orgs.)

23. *O Legado de Renata*
Gabriel Bolaffi

24. *Odete Inventa o Mar*
Sônia Machado de Azevedo

25. O Nono Mês
Giselda Leirner

26. *Tehiru*
Ili Gorlizki

27. *Alteridade, Memória e Narrativa*: Construções Dramáticas
Antonia Pereira Bezerra

Este livro foi impresso na cidade de Guarulhos,
nas oficinas da Cherma Indústria da Arte Gráfica Ltda.,
em junho de 2010, para a Editora Perspectiva S.A.